HULIVILLIHALLITUS

ynnä muita vilungintekijöitä

"Mikä ei ole *oikeus ja kohtuus*, se ei saata olla lakikaan.
Yhteisen kansan hyöty on paras laki; ja sentähden mikä havaitaan
yhteiselle kansalle hyödylliseksi, se pidettäköön lakina,
vaikka säädetyn lain sanat näyttäisivät toisin käskevän."

Nämä *tuomarinohjeet* esitti pappi ja oikeusoppinut Olaus Petri
jo 1530-luvulla.

Unto Sinkkonen

HULIVILLIHALLITUS
ynnä muita vilungintekijöitä

Kustantaja: BoD – Books on Demand, Helsinki, Suomi
Valmistaja: BoD – Books on Demand, Norderstedt, Saksa
Kuvittaja: Hannu Härkönen
ISBN: 978-952-800-788-3

HULIVILLIHALLITUS
ynnä muita vilungintekijöitä

SISÄLLYSLUETTELO

HULIVILLIHALLITUS
ja muita vilungintekijöitä

Pahoja unia

Tuomenmaan tasavallan hulivillihallitus kokoontuu joka keskiviikkoilta *herkutteluhetkeen*, niin sanottuun iltakouluun. Samalla pohditaan loppuviikolla esiin tulevia hallitusasioita ja valmistaudutaan kaikkien *pelkäämään* eduskunnan kyselytuntiin. Kukin hallituksen jäsen kokkaa vuorollaan iltapalan, ja joutuu tietenkin tulemaan paikalle pari tuntia ennen muita. Keittiötaidot vaihtelevat, ja niinpä osanottajat kokevat välistä yllättäviäkin makuelämyksiä.

Aluksi *rupatellaan* niitä näitä ja muistellaan aikaisempien ministerikollegoiden mieliruokia. Entinen pääministeri Vanhakantainen oli yleensä tarjonnut uuniperunoita ja lihapullia tillin ja kermaviilikastikkeen kera. Ruotsinkielisten ministeri oli puolestaan kerran ("ja antaa olla viimeinen kerta!" olivat läsnäolijat lausahtaneet) kehitellyt iltapalaksi *hapansilakoita* rieskaleivällä ja puikulaperunoilla. Erikoisuuden tavoittelija oli tottumattomuuttaan avannut linkkuveitsellä silakkapurkkinsa sisätilassa (yleensä suositellaan avaamista ulkona tai veden alla), ja purkin paine oli tehdystä reiästä roiskauttanut lientä kokin – ja vähän naapurienkin – rinnuksille, mistä seurauksena oli kammottava ammoniakin haju koko herkutteluillan ajaksi. Eräs riviministeri totesi kyseessä olevan selvä *munapierun* haju. Huumorintajuisimmat totesivat sen illan ainakin jäävän mieleen loppuiäksi.

Tällä kertaa kokkausvuorossa oli ulko(istus)ministeri Simo Toini. Hän totesi kansanomaiseen tapaansa vuorossa olevan *uunimakkaraa* ja röstiperunoita. Tämä menyy näkyikin maistuvan, ja kyytipojaksi oli tarjolla puna- tai valkoviiniä edullisten valmisviinipakkausten hanasta lorutettuna. Raittiushenkilöitä varten oli varattuna omenaporelimonadia. Raha(stus)ministeri

Vesseli Orpana totesikin tyytyväisenä, etteivät tämän illan ainekset tulleet valtiolle kalliiksi.

Ainoan poikkeuksen teki pääministeri Johan Vispilä. Toisten nauttiessa jo santsiannosta hän vain pyöritteli perunoita lautasellaan hajamielisen näköisenä.

– Mikä nyt? kysyi illan kokki Simo Toini. – Onko ruuassa jotain vikaa?

– Ei suinkaan, vastasi pääministeri, mutta näin viime yönä niin *kamalaa* unta, että se vei ruokahalut.

Kaikki tietysti halusivat tietää, millaisiin *kauhukuviin* kelpo esimies oli nukkuessaan törmännyt.

– No kun mieltäni on painanut se Uusilinnan tapaus ja lupaukseni korvata täysimääräisesti OKL:n siirto Joenmutkaan. Unessani hallituksemme lähti Uusilinnaan rauhoittelemaan paikallisten mielipiteitä. Ja kyllä siellä olikin *kiihkeä* tunnelma. Torille oli rakennettu tuoreista mäntylaudoista pihkantuoksuinen lava ja sen takareunaan hirsipuu. Sivusilmällä huomasin sen olevan valmistettu kotimaisesta sertifioidusta puumateriaalista ja kyllästetty ympäristöystävällisellä öljyllä, veden äärellä kun oltiin. Kaupungin pääsheriffi jo rasvaili köyden silmukkaa Klöver-vaseliinilla. Meille ei ollut annettu tuoleja, vaan istuimme laudoilla jalat räätäliasennossa (takapuoli pihkassa, kuten kotimatkalla huomasimme). Ympärillä velloi kiihkeä, monituhantinen *yleisömeri,* joka huuteli rytmikkäästi hallituksenvastaisia iskulauseitaan. Uusilinnan kaupunginhallitus istui lavalla kaaressa meitä vastapäätä pehmustetuilla tuoleillaan ja muodosti juryn eli valamiehistön, jonka oli määrä amerikkalaiseen tapaan lausua *tuomionsa* istunnon päätteeksi. Syyttäjänä toimi Uusilinnan kaupunginjohtaja, joka ärhäkästi kävi hallituksen kimppuun ja luetteli hirmuisia euromääriä, jotka valtio ja kaupunki menettäisivät OKL:n siirron johdosta. Tunnelma oli lähes kafkamainen, mutta me sentään tiesimme, mistä meitä syytetään.

– Annettiinko meille edes *puolustuspuheenvuoroa*? tiedusteli kalvennein kasvoin liikutusministeri Julia Werner.

– Selityksiä suorastaan vaadittiin, mutta kun kompuroin

jäykistynein polvin ylös, niin en saanut sanaakaan suustani. Haukoin ilmaa kuin vastapyydystetty lahna suomustuslaudalla, mutta pihaustakaan ei kuulunut. Tarkoitukseni oli kertoa, että asia ei ole vielä *loppuun* käsitelty, vaan että kun olemme selvinneet soten kiemuroista ja saaneet uuden ja asiantuntevan maakuntahallinnon, niin asiaan voidaan palata. Syyttäjä kuitenkin katsoi, että vaikeneminen oli merkki syyllisyyden tunnustamisesta ja vaati valamiehistöä lausumaan tuomionsa. Kiihkeä yleisö vaati ankaria rangaistuksia ja päästeli tehosteeksi islantilaisilta lainaamiaan *huu huu* -sotahuutoja.

– Jury totesikin yksimielisesti hallituksen syyllistyneen raskauttavien asianhaarojen vallitessa Uusilinnan kaupungin ja koko seutukunnan elinolosuhteiden kurjistamiseen. Minut pääsyyllisenä ja lupaukseni syöneenä tuomittiin *hirtettäväksi* aamunkoitteessa. Koska kuitenkaan Tuomenmaan rikoslaki ei tunne kuolemanrangaistusta, tuomiota lievennettiin; se muutettiin linnan pässin kesäloman tuuraukseksi. Patsas joudutaan näet viemään joka kesä restauroitavaksi alinomaisten tihutöiden takia. Niinpä minut kuljetettiin *naru kaulassa* linnan edustalla sijaitsevaan saareen ja sidottiin läheiseen lehmukseen. Ensimmäisen viluisen yön jälkeen heräsin ja huomasin, miksi pässiä piti tavan takaa restauroida: tihulaiset olivat käyneet yöllä tapansa mukaan värjäämässä pässin (ja tässä tapauksessa tuuraajan) miehiset tunnusmerkit punaisiksi. Ajattelin kauhuissani, miten minä tämän kotona selitän.

Ohi kulkevat turistit rupattelivat mennessään:

– On se hyvä, että tänä kesänä on saatu varamies varsinaisen pukin loma-ajaksi. (Nyt on todellakin *mies* eikä *henkilö* tai *ihminen* oikea ilmaisu tässä tilanteessa, asian luonteen huomioon ottaen.) Mutta ovat ne pannahiset taas tehneet varapässillekin normaalin temppunsa. Ihme ettei niitä koskaan saada kiinni.

– Pääsikö muu hallitus näin ollen pälkähästä? kysäisi Simo Toini huolestuneena.

– Ei nyt sentään. Meidät tuomittiin palaamaan jalkaisin pääkaupunkiin ja *korvaamaan* yhteisvastuullisesti Kaakonkulman yliopiston (Kakolan) hallituksen kanssa yhteiskunnalle aiheuttamamme miljoonavahingot. Kakolan hallituksen puheenjohtaja lisäksi tuomittiin poissaolevana toimimaan kesälomansa ajan palkatta linnan oppaana ja viettämään yönsä entisessä kosteassa vankikopissa rosoinen muurinkivi päänalusenaan. Tarinan mukaan linnassa säilytettävän, lähinnä kuningatarvierailuja varten varatun tyynyliinan käyttö ehdottomasti kiellettiin.

Koko hallitus oli kuunnellut esimiehensä ajoittain kuiskaamalla esittämää kertomusta *hiirenhiljaa*. Myötätunto ja empatia heijastui jokaisen kasvojenilmeistä. Siinä pääsivät santsiannoksetkin jäähtymään, ja ennen kuin niitä alettiin mikrossa kuumennella, pyysi tuore oikeu(tu)sministeri Anders Hikkanen puheenvuoron. Hän kertoi uusimpien selvitysten osoittaneen, että lakeja laadittaessa useinkaan ei ole ehditty tai muistettu selvittää niiden *heijastusvaikutuksia* muihin toimialoihin.

– Tämä Uusilinnan tapaus näyttää olevan siitä selvä esimerkki: valtakunnallisesti pieneltä vaikuttava toimenpide onkin *alueellisesti* varsin tuhoisa. Ehdotan jonkinlaisen *korjausliikkeen* harkitsemista paikallisen ilmapiirin rauhoittamiseksi.

Nuoren ministerin varsin rohkea puheenvuoro aiheutti kollegoissa levotonta keinuntaa kannikalta toiselle. Olihan tässä jouduttu perumaan yksi ja toinenkin päätös. Pelättiin kasvojen menetystä. Epäkokeneen opastusministerin Anne Svan-Kaasalaisen kasvoille levisi tumma puna, ja liikutusministeri Julia Wernerin silmät pyörivät levottomasti hänen muistellessaan surullisen kuuluisan *kompensaatiotyöryhmänsä* erämaavaellusta. Olisiko sittenkin pitänyt pysyä lestissään ja tyytyä oman firman johtamiseen? Siellä saa antaa lähtöpassit epämieluisille henkilöille eikä tarvitse kuunnella poliitikkojen jahkailuja kaiken maailman työryhmissä.

Mutta sitten Julia muisti hänkin nähneensä painajaisunta paljon kohua ja odotuksia herättäneen kompensaatiotyöryhmänsä *nollatuloksen* aiheuttaman raivostuneen palautteen jälkeen. Niinpä hän alkoi kertoa tummalla marlenedietrichmäisellä äänellään:

– Hallituksemme oli saanut kutsun ja *ilmaisliput* Uusilinnan oopperajuhlille. Illan esityksen jälkeen ohjelmassa oli iltapala ja *yöristeily* läheiseen saaristoon. Kävi ilmi, että käyttöömme oli varattu apumoottoreilla varustettu vanha puulotja, joka pian linnan tornien kadottua näköpiiristä alkoi vuotaa. Paatin vakiovarusteina oli onneksi *äyskäreitä*, ja kipparin kehotuksesta aloimme kauhoa vettä yli laidan minkä ehdimme. Lahot pohjalaudat eivät kuitenkaan kestäneet kovinkaan kauan, ja niinpä kipparimme – ainoa miehistön jäsen muuten – joutui ohjaamaan "aluksemme" lähimmälle kallioluodolle. Sateen ropistessa niskaamme (minkäänlaista suojahyttiä lotjassa ei ollut) emme muuta voineet kuin jäädä odottelemaan, kun *järvikarhumme* lähti soutamaan apua kumiveneellä, joka oli ainoa pelastusvaruste koko helskutin lotjassa. Kun apua ei sitten kuulunut, saimme myöhemmin tietää, että kipparimme oli maineensa menettämisen pelossa soutanut lähimpään vierasvenesatamaan ja jatkanut sieltä suorinta tietä *ulkomaille* saatuaan paikan Karibian loistoristeilijän konemestarina.

– Mitenkäs meille siellä luodolla kävi? kysyi huolestuneena joku hallituksen rivijäsenistä.

– Kyllä meillä oli *tukalat* oltavat. Tihkusade jatkui ja tuulikin yltyi, emmekä olleet osanneet varustautua moisiin olosuhteisiin. Joku karaokekokemusta omaava yritti piristää tunnelmaa virittelemällä laulua Nestori Miikkulaisesta, mutta tulos jäi laihaksi. Luodolla ei kasvanut ollenkaan puita; ainoa puutavara olivat rantaan ajautuneet, veden puhtaaksi nuolemat kepakot, mutta eihän niistä mitään nuotiota saanut, varsinkaan kun meillä antitupakoitsijoina ei kenelläkään ollut tulitikkuja.

– Eikö siinä vilustunut pahemman kerran? kysyi Johan Vispilä vihdoinkin röstiperunaa haukaten.

– Jo vain, yskähän siinä meidät yllätti. Siinä kuorossa rykiessämme alkoi ympäriltämme kuulua erikoista loisketta. Hirmuinen *norppa-armeija,* ainakin nelisenkymmentä aikuista ja tusina kuuttia

11

(koko populaatiohan arvioidaan noin neljäksi sadaksi), ilmestyi veden syvyyksistä. Ne aukoivat kitojaan uhkaavasti, ja ääntelivät yllättävän selvästi ja selkäpiitä karmivan römeällä äänellään: OKL, OKL... Pikkukuutit säestivät kimakasti: okl, okl... Vaikka nämä eivät olekaan oman ministeriöni vakiosanastoa, niin ymmärsin niiden liittyvän paikallisen opinahjon siirtoon pois paikkakunnalta.

– Ne oli varmaan opetettu! parahti opastusministeri Svan-Kaasalainen. – Tässä nähdään, miten tehokasta se *digiopetus* on. Ilmeisestikin Uusilinnassa on kehitetty vedenalaisia laitteistoja, joiden aiheuttamien värähdysten avulla saadaan älykkäät vesieläimet, kuten norpat, oppimaan yksinkertaisia sanoja. "Ok" on, kuten kaikki tiedämme, nykykielen käytetyimpiä tokaisuja, joten norpat kuulevat sitä myös veneilijöiltä jatkuvasti. Ei liene kovin mutkikasta lisätä siihen ällä. Siivekkäistä ystävistämme erinäisiä sanoja ja hokemia on opetettu papukaijoille. Mutta *kertotaulussa* ne, ja tuskin norpatkaan, eivät ole edistyneet kovin pitkälle. Koirien älykkyyttähän tutki aikoinaan jo herra Pavlov ja sai aikaan kiintoisia tuloksia, briljeerasi opastusministeri alansa tietämyksellä.

– Nämä elikot, en paremmin sano, eivät tuntuneet lainkaan olevan ystävällismielisiä, muisteli Julia väräjävällä äänellä. – Kaiken lisäksi niillä oli *uhkaavan* näköiset, terävät syöksyhampaat, joten olisin luullut niitä mursuiksi, ellen tietäisi, ettei maamme sisävesissä esiinny mursuja. Koko norppa-armeija, kuutit perässä, alkoi kiemurrellen kiivetä ylös luodon rinnettä meitä kohti. Ensimmäiset jo näykkivät sääriämme ennen kuin ehdimme tarttua aikaisemmin mainitsemiini kepakoihin, joilla sitten *hutkimme* lihavia elukoita pitkin kuonoa. Siitä ne vähitellen "rauhoittuivat" ja molskauttivat itsensä vedenalaiseen maailmaan, jos näin voidaan sanoa. Unessani ajattelin vielä, että tämän kokemuksen jälkeen on turha puhua norppien uhanalaisuudesta, joten niiden suojeluun tarkoitetut EU-tukiaiset aivan hyvin voidaan käyttää parempiin kohteisiin.

– Eipäs nyt kiirehditä liikaa, huomautti miljööministeri makkaranpala poskessaan. – EU-rahojen siirtäminen momentilta toiselle on tunnetusti vaikeaa. Norppatutkimuksessa meillä on mahdollisuus päästä maailman kärkeen, kunhan sitä laajennetaan pelkästä pesien laskennasta ja kuutin karvojen keräilystä vaikkapa juuri opastusministerin mainitsemalle älykkyyssektorille.

– Mitenkäs sitten tuolta luodolta *selvittiin* ihmisten ilmoille? halusi joku tietää ihon vähitellen palautuessa kananlihalta normaaliasentoon.

– Oli se meidän entinen kipparimme sentään hälyttänyt järvipelastusyhdistyksen aluksen meitä noutamaan. Miehistönä oli *luonnonsuojelijoita* kiihkeimmästä päästä. Niinpä he, kuultuaan että olimme nuijineet norppia päin viiksiä, rahtasivat meidät kaupungin poliisilaitoksen putkaan, *pahnoille*, kuten sanonta kuuluu. Tässä tapauksessa se todellakin tarkoitti, että makuualusenamme oli ohran olkia, joita paikallinen luomuviljelijä kuulemma edullisesti toimitti virkavallan käyttöön. Kyllähän ne kahisivat mukavasti ja tuoksuivat maanläheisesti, mutta aiheuttivat melkoisen kutinan, kun olkien sekaan oli jäänyt kohtalainen tilavuusprosentti ruumenia. Ne pöläjivätkin aika lailla, kun miehiset kollegamme kaiken lisäksi innostuivat *painimaan* aikansa kuluksi.

– Aamulla sitten jouduimme *kuulusteluihin* luonnonsuojelurikoksesta epäiltyinä. Eikä asiassa turhaan vitkasteltu, vaan saimme koko porukka mojovat sakot ja sen lisäksi vielä mehevät haukut Vehreät-puolueen paikallisen toimitsijan laajassa lehtiartikkelissa. Onneksi koko tämä "seikkailu" oli vain painajaisunta, ja unessahan on kaikki mahdollista.

– Unien sanotaan olevan alitajuisten toiveiden ja pelkojen heijastumia, huomautti opastusministeri-Anne. – Se on kuitenkin niin laaja ja kiisteltykin tutkimusalue, että siihen emme tänä iltana ehdi paneutua.

– Aivan niin, totesi pääministeri Vispilä. – Tänään meillä on riittävästi puuhaa valmistautuessamme opposition sotesta esittämään välikysymykseen.

Politiikkatanssin alkutahdit

Hyvä lukijani: Tässä kirjassa kerrotaan *mielikuvituksellisia* asioita (niistä sait juuri äsken maistiaisia), jotka tapahtuvat Tuomenmaa-nimisessä valtiossa. Ne ovat niin "ihmeellisiä", ettei niitä todeksi uskoisi. Olen kertonut sellaisista kuvioista jo Veijariyliopisto-kirjasessani, joka käsittelee Joenmutkan yliopiston härskiä toimintaa Uusilinnan silmäterien, Kielineuvolan ja OKL:n siirrossa – etten sanoisi *ryöstössä* – Joenmutkaan. Sama aihe vilahtelee paikoitellen myös tässä kertomuksessani hallituksesta, joka – kokemattomuuttaan? lahjattomuuttaan? tai muista syistä – on tehnyt pienen ihmisen ja kasvukeskusten ulkopuolisten paikkakuntien kannalta *turmiollisia* päätöksiä.

Yksi päätiedonlähteistäni on minulle *unissa* esiintyvä Jeremias Änkeröinen, kovia kokenut ja monissa tuulissa ja tuiverruksissa nahkansa parkinnut vanha jäärä. Välillä tuntuu, että persoonamme suorastaan sekoittuvat, vähän niin kuin Nummisuutarin Eskolla, kun hän haaveili olevansa yhtä luulotellun morsiamensa kanssa ("kutsukoot sitten meitä Eskokreetaksi tai Kreetaeskoksi" – ja meitä vaikkapa Untojeremiaaksi tai Jeremiasuntoksi). Liekö kyse sitten henkisestä sukulaisuudesta tai sielujen sympatiasta? Jos hyvä lukijani et välillä tiedä, kumpi meistä on äänessä, niin älä välitä: en aina oikein tiedä sitä itsekään... Mutta haitannoonko tuo mittään, sanoo savolainen.

Niin, se Jeremias Änkeröinen, unituttu ja jokapaikan höylä... Hänellä on vapaus tunkea nokkansa mihin piireihin tahansa ja ottaa kantaa asiaan kuin asiaan. Minkäpä hälle mahtaa. Vastuu puheista jää kuulijalle / lukijalle, on se semmoinen hyväkäs. Eipä sen puoleen – kyllä siellä hänen univaltakunnassaan, *Tuomenmaassa*, tuntuukin moni asia olevan rempallaan, ja näin ollen Änkeröisen kritiikille ja kannanotoille löytyy jalansijaa. Onneksi mies ei tunnu olevan ainakaan täysi tosikko; hän pohtii lisenssien, tohtorien, rehtorien, lehtorien, pehtoorien, poliitikkojen ynnä muiden päättäjien syvintä olemusta. Ja niistähän löytyy niin huvittavia kuin raadollisiakin piirteitä. Valta tunnetusti turmelee, siitä meillä on näyttöä niin lähi- kuin kauemmastakin historiasta ja myös aivan nykypäivästä. Keskitetään valtaa itselle ja vainotaan vastustajia.

Jeremiasta harmittaa, kun Sinituuli-puolueen edustaja jatkuvasti jankuttaa, ettei kenenkään verotus saa kiristyä. Kuulostaa hyvältä, mutta milloin hän toteaa, ettei kenenkään palkka saa nousta kohtuuttomasti enemmän kuin muilla? Tehdään kaiken maailman palkkamalttisopimuksia, joissa tavallinen tallaaja saa vaikkapa kympin korotuksen kuukausipalkkaansa. Samaan aikaan suuryrityksen (jopa valtiojohtoisen!) pääpomon palkka nousee kymppitonnilla – siis *tuhatkertainen* palkankorotus! Jää siitä aika mukava summa käteen, kun kenenkään verotus ei kiristy. Lisäksi tulevat optiot ja muut "hyvänmiehen" lisät, kun päällikön toimista huolimatta maailmalla öljyn hinta nousee tai Kiinassa vessapaperin käyttö lisääntyy myös maaseudulla. Pörssiyhtiöissä varma tapa saada *osakkeen* hinta nousuun näyttää olevan yt-neuvottelut ja väen irtisanomiset. Osakkeenomistajat saavat hyvät tuotot ja sikariporras tietenkin ruhtinaalliset bonukset "hyvästä" johtamisesta. Se että suoritusporras sinnittelee kestokykynsä äärirajoilla ja sairaslomat lisääntyvät, ei tietenkään anna aihetta huoleen.

Olisi kuvitellut, että hallitus, jonka pääministerinä on Sentraalipuolueen edustaja, noudattaisi puolueensa yleviä periaatteita ja rakentaisi tasapuolisesti koko maata, mutta ei: hallitus *keskitti* kun olisi pitänyt hajauttaa (nyt ei saa enää synnyttääkään kuin tietyissä paikoissa. Kohta lapset ovat yhtä harvinaisia kuin Saimaan norpat!). Se säästi vanhustenhoidosta ja lasten ja nuorten koulutuksesta, kun olisi pitänyt lisätä resursseja (oppimistulokset ovatkin heikentyneet). "Säästyneet" miljardit ohjattiin osittain vääriin tukiaisiin vaikkapa suuryhtiöille, jotka sitten jakavat reippaita osinkoja osakkeenomistajilleen. Uusien yritysten, innovaatioiden ja uuden teknologian tukemiseen on liiennyt vain murusia.

Ehkäpä tässä keskittämisinnossa takapiruna on hallituksen todellinen voimapuolue Sinituuli, joka tekee härskiä myyräntyötään hyväosaisten puolesta.

Tuntuu että korjaamista olisi niin paljon, että sielu on pakahtua. Minä, Jeremias Änkeröinen, yritän nyt kumminkin ottaa kantaa asioihin, huumoria unohtamatta; sehän on erään määritelmän mukaan hymyä kyynelten läpi.

Näin pärjäät päättäjänä

Millainen on sitten näitä julmia päätöksiä tekevän poliitikon tai yliopistoimmeisen olemus, etten sanoisi *habitus*? Vartaloltaan hän on usein pyöreänläntä tuloksena runsaasta ruoka- ja juomakestityksestä, joka kuuluu ammatin etuihin. Hyvä viinapää on varsinkin ulkopolitiikan hoidossa olennainen asia. Veljenmaljojen avulla luodaan suhteita, annetaan pusuja poskelle, kunhan ei mene överiksi (varottava mee too -liikettä!). Lupaava ura voi sortua liialliseen tissutteluun, mutta ei raivoraittiinkaan tunnu olevan helppoa hankkia ulkopoliittisia kannuksia.

Menestyminen neuvotteluissa ja istuminen tutkijankammiossa vaatii myös vankat peräpään lihakset, muuten ei riittäviä näyttöjä pysty hankkimaan. Päättäjien kasvoilla on tietenkin julma perusilme, joka kuvastaa heidän tekemiään *raakoja* siirto- ja leikkauspäätöksiä? Väärin arvattu! Ilme on yleensä lempeä, suorastaan ystävällinen – sen perusteella äkkinäinen ei aavistaisi mitään pahaa. Puheetkin ovat ihan mukavia ja vitsivarasto yleensä kohtalainen. Mutta puheet ovat puheita, teothan ne ratkaisevat.

On siellä joukossa myös hyväkuntoisen näköisiä edustajia, sitkeitä kuin kallioluodon katajat, posket lommolla, todisteena päivittäisestä lenkkeilystä ja salilla käynneistä. Jotkut ovat entisiä huippu-urheilijoita, päässeet parlamenttiin vanhalla maineellaan. Heitä puolueet metsästävät ehdokkaikseen, koska äänisaalis koituu joka tapauksessa yhteiseksi hyväksi, vaikka edustajan paikka ei avautuisikaan. Nämä jäntterät ja vantterat noviisit ovat *luotettavaa* väkeä: he äänestävät uskollisesti niin kuin käsketään, eivätkä käytä istunnoissa turhia puheenvuoroja. Hyviä ääntenkalastajia ovat myös entiset missit ja muut julkkikset, jotka voivat ponnahtaa suoraan vaikkapa ministerin tehtävään.

Poliitikolla voi olla myös *luurankoja* kaapissa, mutta aina ne eivät ole kohtalokkaita. On tapauksia, joissa heidän tekemänsä yliopistollinen lopputyö on todettu melkoiselta osin *plagiaatiksi* eli kirjalliseksi varkaudeksi. Tämä ei kuitenkaan estä asianomaista henkilöä pian kohun jälkeen etenemään vaikkapa suurlähettilään arvostettuun tehtävään. Isojen firmojen johtajilla voi olla vieläkin parempi kohtelu. Eräskin mahtimies ostatti yrityksellään Amerikasta kalliilla ison tehtaan, joka osoittautui kannattamattomaksi ja jouduttiin myymään suurella tappiolla. Vähin äänin pomo vetäytyi eläkkeelle, sai lähtiessään kultaisen, etten sanoisi timanttisen, kädenpuristuksen ja muhkean eläkkeen, josta ei Portugalissa edes tarvinnut maksaa veroa. Kun tekee tarpeeksi ison *kuprun*, niin siitä ei voi elämöidä, ettei firman ja koko maan maine kärsisi. Pienistä toheloinneista kyllä joutuu vastuuseen ja monivuotiseen oikeusprosessiin, josta poliisien toimialalta on tuoreita esimerkkejä.

Mutta mikä on päättäjien *henkinen* rakenne? Se on sitten kokonaan toinen juttu. Taustalla on usein yksi alkukantainen tunne: *pelko* oman aseman menettämisestä. Se on ahdistanut vuosisatamme verisimpiä diktaattoreita, synnyttänyt sotia ja johtanut armottomiin puhdistuksiin, joissa läheisimmätkin työtoverit on teilattu, miljoonat kansalaiset tuhottu vankiloissa ja työleireillä. Parastaikaakin käydään Lähi-idässä mieletöntä sotaa yhden hirmuhallitsijan aseman turvaamiseksi.

Meidän länsimaisessa demokratiassamme moinen ei liene enää mahdollista, vaikka *varoittavia* ennusmerkkejä onkin ilmassa: Unkarin ja Puolan talous on kehittynyt hyvin EU:n tukiaisten turvin. Nyt siellä ollaan kuitenkin demokratiaa rajaamassa ja valtaa keskittämässä harvoihin käsiin. Huhujen mukaan myös EU-rahoja valuu korruptioon, ihan muihin tarkoituksiin kuin mihin ne on myönnetty. Yhteisvastuuta kierretään myös päivänpolttavassa pakolaisasiassa. Pienestä kipinästä se suurikin palo syttyy. Kukapa olisi kolmikymmenluvun alussa voinut aavistaa Eurooppaa ja koko maailmaa odottavia kauheuksia. Pari *viiksiniekkaa* teki myyräntyötä, sai absoluuttisen vallan ja "osasi" myös käyttää sitä.

Mutta eihän meidän *kotoisissa* piireissämme voi moista sattua! Toivottavasti ei, mutta sama pelko se kuljettaa kylmiä kouriaan meidänkin päättäjien selkärankaa pitkin – vain pienemmässä mittakaavassa. Kansanedustajan paikat ovat katkolla joka neljäs vuosi, ja ministerinkin elo on aika turvatonta. Vaikka eihän meikäläinen ministeri hevillä eroa. Jos hän erehtyy, hän pyytää anteeksi, ja yleensä saa. Kukapa meistä virheetön olisi. *Errare humanum est.*

Poliitikolla ja yliopistoimmeisellä on yhteinen *painajainen*: lähin työtoveri on pahin kilpailija. Pienistä vaalipiireistä ei monta edustajaa parlamenttiin pääse, joten jokaisesta äänestä kamppaillaan verisesti. Ulospäin kuitenkin ollaan hyvää pataa, jaellaan yhdessä markettien pihalla puolueen materiaalia (tulitikkulaatikoita oman kuvan kera, nenäliinoja ym. hyödyllisiä tarvikkeita) makkaranpaiston ja kahvin kaatelun lomassa.

Yliopistoissa taistelu paikasta *auringossa* on, jos mahdollista, vielä verisempää. Maisterintutkinnon jälkeen pitää olla hyvissä väleissä professorin kanssa päästäkseen tohtorikoulutukseen. Siitä avautuu varma polku tohtorinhatun saavuttamiseen, mutta sen jälkeen tie on jo kivisempi. Nykysysteemeillä näet yliopisto saa sitä enemmän rahaa, mitä enemmän se *tuottaa* tohtoreita ja maistereita. Tasohan siinä kärsii, kiusaus riman laskemiseen on ilmeinen. Tohtoritulva ja siitä seuraava akateeminen työttömyys on jo tuttu ilmiö. Joku tutkii tilastollisesti, mitkä ovat juorulehdissä useimmin esiintyvät sanat. Toinen selvittää, vieläkö lapsia hakataan kotona, vai onko se jo päinvastoin. Tällaisilla teemoilla ei ura useinkaan akateemisen maailman ulkopuolella urkene, joten tohtoritkin joutuvat kyttäämään apurahoja ja assistentin paikkoja. Siinä kyllä *juonimisen* taidot kehittyvät, ennen kuin lehtorin tai professorin status joillekin onnellisille avautuu. Onneksi on sentään niitäkin, joiden tutkimustulokset ovat ihan uraauurtavia ja niitä voidaan hyödyntää myös käytännössä. Näin on erityisesti luonnontieteissä, jotka voivat auttaa ihmiskuntaa sen energiaongelmissa ja ilmastonmuutoksen haittojen torjumisessa.

Tällainen taisto ilmiselvästi *kovettaa* ihmistä. Empatia, myötäelämisen taito puuttuu. Ihan tutkimusten perusteella on todettu, että poliitikot ajavat ensisijaisesti *omaa* etuaan, ja siinä sivussa sitten muidenkin asioita, jos se sattuu sopivasti kuvioon. Tuijotetaan vain omaan napaan: mikä on tärkeää minulle, meidän ryhmällemme, se ratkaisee. Muut hoitakoot asiansa miten pystyvät, ei kuulu meille. Jos toinen puolue on keksinyt hyvän idean, sitä ei voi kannattaa, koska he saisivat siitä lisäpisteitä ja uusia kannattajia seuraavissa vaaleissa. Minusta pitää tulla kansanedustaja, ministeri, meppi. Minä haluan sen assistentin paikan, lehtoraatin, professuurin, rehtorin viran. Meidän yliopistomme pitää pärjätä kansallisessa ja kansainvälisessä kilpailussa. Sen takia filiaalit pitää siirtää meille, muuten kehityksemme vaarantuu. Kyllähän ne kovan porun nostavat, mutta aikanaan se menee ohi. Pitää vain säilyttää pokka ja mennä kertomaan päätökset kylmän rauhallisesti.

Näin syntyy pikku-hitlereitä ja -stalineja. Heillä oli ollut kova elämä, joka opetti selviytymään. Stalinia juoppo isä hakkasi ja hänet erotettiin syystä tai toisesta pappisseminaarista (!). Karkotus Siperiaan ja vankilavuodet olivat piste iin päälle tulevan hirmuhallitsijan "koulutuksessa". Myös Hitler sai isältään ankaria selkäsaunoja ja kärsi nälkää, kun ura maalaustaiteilijana ei edistynyt toivotulla tavalla. Asunnottomien karu elämä tuli hänelle tutuksi. Tällä tavoin kova elämän koulu *jäädytti* tulevien diktaattorien inhimilliset tunteet. Se näkyi sitten selvästi heidän julmissa toimissaan.

Nuoruusko valttia?

Eero Silvasti puhuu viisaita sanoja presidentti Koivistosta kertovassa kirjassaan Mies ja kehykset. Hän toteaa mm.: *"Nuori mies vallankäyttäjänä on suuressa vaarassa turmeltua, hän kadottaa nopeasti tuntuman siihen elämään, jota hänen tulisi johtaa ja hallita ... Sikäli kuin 42-vuotias on kohonnut henkiseen aikuisuuteen, hänen elämässään normaalisti 49. ja 56. elinvuoden välinen aika on elämän hedelmällisintä aikaa"* (s. 196–197). Sama pätenee myös nuoriin naisiin, mikä lienee syytä todeta näinä tasa-arvon aikoina (ei sentään lisääntymismielessä kumpaisillakaan…).

Mauno Koivisto ja Urho Kekkonen olivat molemmat ehtineet sopivaan ikään ennen astumistaan suuriin tehtäviin valtion päämiehinä. Esimerkkejä ilmeisesti liian nuorina poliittiseen raskaaseen sarjaan joutumisesta / pääsemisestä myös löytyy. Nuori pääministeri voi olla *sujuvasanainen,* mutta jos puhe kulkee nopeammin kuin ajatus, niin tulokset eivät ole parhaat mahdolliset. Myöskin ulkoministerin posti nuorella iällä voi sekoittaa poliitikon pasmat, niin että hänen suhteellisuudentajunsa katoaa ja vallanhalu kasvaa äärettömiin. Nuoret poliittiset broilerit menettävät otteensa oikeaan elämään ja tavallisen ihmisen arkeen.

Viime aikojen hallituksissa on ollut nähtävissä jonkinlainen *nuoruuden* ihailu. Ministerinimityksissä kokemus on saanut väistyä uusien kasvojen tieltä, vaikka heillä ei olisi näyttöjä vaativiin tehtäviin tarvittavista tiedoista ja kokemuksesta. Misseistä on tehty ministereitä, ja jopa suurvallan johtoon voi pompata viihdemaailmassa rahaa takonut jonglööri (ei kylläkään kovin nuori), joka sitten vaativassa tehtävässään kompuroi ennen näkemättömällä tavalla.

Suosittelen Silvastin kirjaa luettavaksi kaikille, jotka ovat vähänkin kiinnostuneita politiikasta ja yhteisten asioiden hoidosta. Onkohan kukaan tehnyt yhtä asiantuntevaa teosta *yliopistopolitiikasta?* Sellaista ei ole sattunut vielä silmiini. Oman kokemukseni mukaan yliopistojen hallintoa joudutaan osittain hoitamaan kuin vasemmalla kädellä: tutkijat päätyvät hallintohommiin usein vastentahtoisesti ja mitätöntä korvausta vastaan, vaikka haluaisivat syventyä täysipainoisesti omaan tutkimusalaansa. Ja jälki on sitten mitä sattuu. Palkatut hallintojohtajat sen sijaan pystyvät pyörittämään mutkikasta byrokratiaa mielensä mukaan. Nykyään on tullut muotiin nimittää suuryrityksiin kaiken maailman *hallintoneuvostoja,* joihin kyllä tulijoita riittää, ovathan kokous- ja vuosi*palkkiot* usein ruhtinaalliset tehtyyn "työhön" verrattuna. Heidän selkänsä taakse sitten toimiva johto voi vetäytyä, kun joudutaan tekemään epämiellyttäviä päätöksiä. Henkilöstön irtisanominen tuntuu olevan pörssiyhtiöissä varma konsti saada osakekurssit nousuun.

Myös yliopistojen johtamiseen on ujutettu *yritysmaailman* toimintamalleja, vaikka ne eivät lainkaan sinne sovi. Yritykset ilmoittavat tuloksensa neljännesvuosittain (kvartaaleissa), mikä tuntuu jo siellä lyhytjänteiseltä johtamiselta, puhumattakaan sitten yliopistoista, joiden oikeat tulokset näkyvät vasta vuosien ja vuosikymmenien jälkeen. Mutta yliopistojenkin hallituksiin tuntuu olevan kovasti pyrkyä, vaikka "alan" toiminnasta ei olisi paljonkaan hajua. Onhan se kunniatehtävä ja palkkiotkin ihan mukavia. Hallintojohtajat ja muut byrokraatit kyllä kertovat, mitä pitää päättää. Professorit ja tutkijat ovat yleensä ensisijaisesti huolissaan oman aineensa ja oman virkansa kohtalosta. Näkökenttä on niin suppea, että päätösten vaikutus laajempiin ympyröihin, puhumattakaan koko valtakunnan tasolla mahdollisesti aiheutuviin seurauksiin, ei ole tiedossa tai sitä ei haluta tiedostaa.

On surkuhupaisaa luettavaa, kun suuri päivälehti otsikoi: (Korkeakoulu)uudistus *lähes* onnistui. Otsikon ironia käy selville tekstiosasta. Kun tavoitteena oli parantaa opetuksen ja tutkimuksen *laatua,* niin käytännön vaikutukset liittyivät enemmänkin korkeakoulujen muodolliseen asemaan, johtamiseen ja rahoitukseen. Viime vuosinahan rahoitusta on leikattu, mikä on johtanut henkilökunnan mittaviin irtisanomisiin ja tehtävien uudistuksiin. Paranna siinä mylläkässä sitten laatua, kun huoli työpaikan säilymisestä on jatkuvana "kannustimena"!

Mutta katsotaanpa, miten asiat kehittyvät Tuomenmaan tasavallassa, josta Jeremias Änkeröinen raportoi seuraavaa:

Hallitus on vankka

Olipa kerran (ja oikeastaan: *taas k*erran) vaalit Tuomenmaassa. Kuten yleensä, niin oppositiohan niissä jylläsi, koska edellinen hallitus ei ollut saanut maan raha-asioita kuntoon eivätkä suunnitellut yhteiskunnalliset uudistuksetkaan olleet edenneet. Hallituksessa valtaa pitäneen Sinituuli-puolueen tärkeimmät ministerit olivat vainunneet tuulen suunnan oikein ja karanneet hyvissä ajoin kuka EU:n korkeaksi virkamieheksi, kuka vähintään mepiksi. Myös suurten terveysfirmojen johtoportaasta löytyi rahakkaita johtajien pestejä. Rotat jättävät uppoavan laivan, kuiskailtiin oppositiossa.

Vaikka entinen hymypoikapääministeri oli siirtynyt leveämmän leivän ääreen kesken hallituskauden, ei kykypuolue jäänyt pulaan: *pätkäpääministeriksi* löytyi kansainvälisillä kentillä (ja myös kuntoilumoniotteluissa) mainetta hankkinut, edeltäjäänsäkin messevämmin hymyilevä Aleksej *Tuppi*. Sujuvasanaisena diplomaattina hän osasi ottaa yleisönsä, niin koti- kuin ulkomaisillakin areenoilla, eikä hänestä ollut keksitty yhtäkään *tankero*-vitsiä. Ongelmana vain oli, että hallituksen takeltelu "fantastisissa" uudistuksissaan oli vienyt siltä uskottavuuden kansan silmissä. Oppositiohan silloin pääsee niskan päälle, ja hallitukselle tulee kiire jakaa *palkintovirkoja* parhaille pojilleen ja tytöilleen; ihmeesti niitä Kelasta, Postista ja Veikkauksesta löytyy. Ja taitaahan niitä olla muitakin huippupaikkoja, joissa toiminta pyörii oivallisesti, kunhan ylin johto ei turhaan häiritse oikeita töitä tekeviä alaisiaan. Ajan saa kulumaan mm. pelaamalla tietokonepelejä ja käymällä edustuslounailla, säännöllisiä *kaukomatkoja* unohtamatta.

Vaalityötä tehtiin kovilla kierroksilla ja panoksilla, harvempi omilla rahoillaan. Konstit on monet: Myydään vaikkapa halvalla ostettuja *tauluja* ylihintaan yhdistyksille, jotka ovat poliitikkojen myöntämistä avustuksista riippuvaisia. Grynderit ja muut *rakennusalan* ammattilaiset (betoniraudoittajat ja rapparit jäävät epäilysten ulkopuolelle) ovat myös otollisia vaalikassan kartuttajia, riippuuhan heidän tulonmuodostuksensa paljolti kaavoituksesta ynnä muista päättäjien ratkaisuista. Myöhemmin on sitten mukava muistuttaa annetusta veljellisestä tuesta, varsinkin jos satutaan olemaan vielä saman vapaamuurariloosin, leijona- tai rotaryveljeskunnan jäseniä. (Mitenkähän naispoliitikot kartuttavat vaalikassaansa? Tämä seikka vaatisi jatkotutkimuksia, kun lehdistöstäkään eikä koko mediasta muistu mieleen järisyttäviä esimerkkejä. Heillä ei saunomismetodikaan taida toimia yhtä hyvin kuin urospuolisilla.) Näin vaalikassa kilisee mukavasti, eikä tarvitse turvautua ulkomailla harrastettuun *räikeään* korruptioon, joka paljastuessaan on pudottanut, luvattomien naisseikkailujen ohella, monta lupaavaa poliitikkoa ja pankkiiria isoilta palleiltaan, ainakin joksikin aikaa.

No niin, vaalityö oli tehty, rahat kerätty, paneeleissa *keskusteltu* henkevästi aatepohjasta tai sen puutteesta ja ruodittu toisten puolueiden tekemät emämunaukset pohjiaan myöten. Sitten vain äänestämään ja jännittämään vaalitulosta, puhelinisäkin vaihteeksi kotisohvalla, pitkästä aikaa omien rakkaiden tukihenkilöiden seurassa. Nimekkäimmät jännittivät puoluetoimistoissa samppanjapulloja jäihin laitellen tai peräti TV-lamppujen loisteessa nokkelasti toimittajien kysymyksiin vastaillen. Ennen ensimmäisen tietokone-ennusteen valmistumista kaikilla riitti optimistista hymyä, mutta sitten *jysähti*: Oppositio tietenkin rynnisti, mutta suurimman harppauksen teki ns. vanhojen puolueiden vieroksuma *Peruskallio*-puolue, joka kaikille (ehkäpä itselleenkin?) yllätyksenä rynnisti vaalien kakkoseksi. Näin syntyi suuri JYSÄYS. Sentraalipuolue sentään sinnitteli niukasti voittajaksi ja siis todennäköiseksi hallitusneuvottelujen vetäjäksi. Kyse oli *torjuntavoitosta*: äänet vähenivät, mutta ne riittivät kuitenkin ykkössijaan. Näin jäi entinen mahti- ja hymypuolue Sinituuli pronssille haavojaan nuolemaan.

Hallitusneuvotteluja lähti ripeästi käymään Sentraalipuolueen uusi uljas puheenjohtaja Johan *Vispilä*, joka tekniikan tohtorin systemaattisuudella kävi neuvottelut muiden puolueiden kanssa. Ja kyllähän hallitukseen halukkaita löytyi, mutta valitettavasti osa piti jättää oppositioonkin. Peruskallio-puolue halusi tällä kertaa ehdottomasti mukaan ja antoi periksi kaikissa muissa asioissa (myös vähäväkisten puolustamisessa) paitsi maahanmuuttajakysymyksissä: tulokkaita ei saanut hyysätä liikaa eikä ostaa heille liian koreita muotivaatteita. Lähisukulaisiakaan ei saanut päästää automaattisesti perästä tulemaan, ellei perheellä ollut tiedossa riittävästi tuloja elannon hankkimiseen. Näin ollen Sentraalipuolue ja Sinituuli pääsivät todella käymään kauppaa kahden kesken vanhojen toiveiden toteutumisesta. Sentraaleille oli tärkeää säilyttää ylivaltansa (tai mielellään lisätä sitä) maaseutukunnissa. Niinpä he asettivat kynnyskysymykseksi uuden *maakuntahallinnon* luomisen, mikä takaisi vallankahvassa pysymisen suurimmassa osassa valtakuntaa, kun ujuttautuminen suurimpiin kaupunkikeskuksiin ei ollut onnistunut vuosikymmenien ponnisteluista huolimatta.

Sinituuliset puolestaan vaativat vastineeksi periksiannostaan hallintomalliasiassa oman suuren haaveensa toteuttamisen: sosiaali- ja terveysala piti avata vapaalle kilpailulle (olivathan alan mahtiyritykset vakituisia vaalikassan kartuttajia), suoraan sanottuna *yksityistää,* mutta sitä sanaa ei tietenkään voinut käyttää julkisesti. Perusteluina käytettiin toiminnan (oletettua) tehostamista ja siten saatavia (toiveisiin perustuvia) kustannussäästöjä. Kunnallinen toiminta oli heidän mielestään kuin lapioonsa nojaava työmies, jonka tehot eivät tietenkään yltäneet kaivurillaan möyrivän yksityisyrittäjän tasolle.

Nouseeko ministeriys hattuun?

Vastauksena otsikon kysymykseen olen minä, Jeremias Änkeröinen, vankasti sitä mieltä, että *kyllä* nousee! Vaihtelua luonnollisesti on, kaikkihan me olemme omia persoonallisuuksiamme. Jos vertaamme nousua kuumemittarin asteikolla, niin joillakin saavutettu tärkeä tehtävä saa elohopeapatsaan kimmahtamaan suorastaan neljäänkymmeneen Celsius-asteeseen. Nämä ovat kuitenkin ääritapauksia. Vaihteluväli on yleensä 40–37,5 astetta. On erittäin poikkeuksellista, ellei mittari näyttäisi edes pientä lämmönnousua.

Nyt joku tarkkaavainen lukija voi kysyä, että miten se *hattuun* nousee – eikö nousu kohdistu *päähän?* Oiva havainto! Selitys on tietenkin se, että nyt puhutaan kuvaannollisesti. "Haastelenpa usein esikuvien ja tunnusmerkkien kautta", sanoi Nummisuutarin Eskokin. Se antaa kieleen värikkyyttä. Esimerkiksi *kihahtaa lettiin* on sentään hauskempi ilmaisu kuin pelkkä *ylpistyä*. Eihän se kuuluisa neste *oikeasti* lettiin eikä päähän tai hattuunkaan nouse – onneksi!

Olenpa kuullut Tuomenmaassa moniaita kertomuksia erilaisista *ministerikohtaloista* – onnellisia ja onnettomia. Kerrankin eräs puolivallaton poikamiespääministeri valitsi kollegakseen entisen *kauneuskuningattaren*, vaikka tämän poliittinen kokemus oli varsin ohuenlainen. Mutta ihmisiähän me vain olemme, ja jyllää ne hormonit pääministereilläkin (jopa presidenteillä, mistä on selviä esimerkkejä!). Onneksi toimiala ei ollut liian vaativa: tehtäväksi määriteltiin varattomien lasten olojen kehittäminen kotimaassa ja ulkomailla. Viimeksi mainittu seikka takasi työhön vaihtelua ja mielenkiintoisia ulkomaanmatkoja, joilla sai poseerata tummasilmäisten ja kikkarapäisten herranterttujen kanssa, vähän prinsessa Dianan tapaan. Näin ollen uusi ministeri hoiti tehtävänsä moitteettomasti; ei edes nipistellyt lentokoneissa stuertteja erinäisistä paikoista, kuten jotkut mieskollegat olivat erehtyneet tekemään lentoemännille, nautittuaan ylenmääräisesti bisnesluokan ilmaisista tarjoiluista.

Tämä edustavan näköisten poliitikkojen "suhde" ei mennyt liian pitkälle – tiettävästi ei edes eduskuntatalon puistossa... Prinssi ei kuitenkaan saanut prinsessaansa, koska tämä oli jo naimisissa. Entisen missin kunniaksi on vielä mainittava, ettei hän lyhyen ministeriuransa jälkeen ryhtynyt kirjoittelemaan mitään sensaatiohakuisia muistelmia, päinvastoin kuin eräs hänen seuraajansa, jonka *paljastuskirja* (varmaan ansiomielessä tehty) johti ikävään oikeusprosessiin. Pieni opetus poikamiespoliitikoillekin, ukkomiehistä puhumattakaan...

Edellä kerrotussa ei ollut kysymys nuoruuden haihatteluista, vaan pikemminkin viidenkymmenen villityksestä. Ikävuosien vähyys ja *elämänkokemuksen* puute on sen sijaan mielestäni iso selittävä tekijä niille puuhailuille, joita eräs kolmikymppisenä ulkoministerin postille nimitetty silloinen nuori mies on sittemmin harrastanut.

Ulkoministerihän paistattelee julkisuudessa usein pääministerin ja presidentin rinnalla, käy tärkeitä neuvotteluja, lennähtelee kokouksiin ympäri maailmaa. Tehtävä on paljon mukavampi kuin pää- tai valtiovarainministerin – ja siitäkin syystä erittäin haluttu. Kun sitten luottamusta löytyi useampiinkin hallituksiin, niin tehtävä muuttui nuorelle miehellemme ikään kuin *normaalitilaksi*. Ja hommatkin hoituivat jo puoliksi rutiinilla. Mikä ettei, koska myös kielitaito oli sujuvampi kuin monella edeltäjällä, eikä edustushuoneistojen portaissakaan tapahtunut mitään yllättäviä kaatumisia. Lentomatkoilta tihkuneet uutiset kertoivat joskus vähän erikoisesta käyttäytymisestä, mutta kuka niiden juoru-uutisten todenperäisyyttä voi mennä takaamaan.

Mutta olihan niitä Tuomenmaassa muitakin halukkaita ulkoministerin tehtäviä hoitamaan. Vähitellen nuori kykymme joutui tyytymään vähäisempiin ministeriposteihin ja jopa rivikansanedustajan asemaan. *Laskeva* käyrä ei tietenkään sopinut uraohjuksen piirustuksiin, koska hänen tavoitteekseen oli jo varhain iskostunut Tuomenmaan presidentin virka. Ehdokkaaksi hän pääsikin useampaan otteeseen, mutta tappio seurasi toistaan.

Syy oli milloin median pahantahtoisuudessa ja milloin missäkin, mutta ei kuitenkaan ehdokkaassa itsessään.

Turhautunut entinen nuori poliitikkomme otti vauhtia hyväpalkkaisista EU-mepin hommista, vaikka olikin ankarasti vastustanut Tuomenmaan liittymistä moiseen unioniin yleensäkin. Suurta valtakoneistoa ei niin vain hajoteta edes sisältäpäin, vaikka siinä onkin monenlaisia puutteita ja *älyttömyyksiä*. Ehkä näkyvin niistä on yli sadan miljoonan euron tuhlaus vuodessa, kun EU-parlamentti rahdataan kerran kuukaudessa Brysselistä Strasbourgiin istuntojaan pitämään. Ranska pitää kiinni viimeiseen asti tästä "etuoikeudestaan", koska se sai tämän pykälän unionin perussopimukseen, eikä sitä voi muuttaa kuin jäsenmaiden yksimielisellä päätöksellä. Kurkkujen käyryydestä (huom! *kasvisten*) ja vaikkapa palolentojen kieltämisestä / sallimisesta on sentään helpompi päästä yhteisymmärrykseen. Kyllä siinä byrokratiassa pahimmankin EU-änkyrän pasmat voivat seota.

Ne voivat seota niin pahasti, että selvää presidenttiainesta "sisältävä" ex-ulkoministerimme ei enää tiedä, minne päin repeäisi. Kun vanha puolue ei enää uskonut entiseen nuoreen kykyynsä, niin piti perustaa uusi puolue. Siinäkin sukset menivät ristiin jo alkumetreillä, jouduttiin käräjille talousasioista ja muista erimielisyyksistä. Ja niin presidenttiunelma näyttää murskautuvan kokonaan, kun mieskin on jo kypsässä eläkeiässä. Voihan nenä!

Presidenttiunelma on jäänyt toteutumatta monelta muultakin pyrkijältä. Syynä saattoi olla liian suuri innokkuus ja asioiden edelle meneminen, mikä suututti "istuvan" (tai hiihtävän ja kalastavan) valtaapitäjän. Välit menivät poikki, ja liiallinen alkoholinkäyttö oli piste iin päälle. Taitoa se vaatii ryyppääminenkin, varsinkin itänaapurin kanssa; siellä ei vedellä eikä mehulla skoolausta sallita, mutta pöydän alle ei silti saa vaipua. Raittiushenkilöiden on vaikea pärjätä siinä kisassa.

On sentään jokunen nuori poliittinen broileri onnistunut luovimaan politiikan karikoissa onnistuneesti eläkeikään saakka. Parikymppisenä eduskuntaan, siitä puoluesihteeriksi ja rahaministeriksi. Kun sitten valtio oli saatettu lähes konkurssitilaan, pelastava hyppy EU-komissaariksi. Kuin sadussa avautui sopivaan aikaan ja EU:ssa saavutettujen kannusten turvin valtakunnan ylin pankinjohtajan virka, jonka turvin oli mukava antaa painokkaita lausuntoja maan ja maailman talouden tilasta. Eihän kukaan enää muista entisiä töppäyksiä rahaministerin tuolilla, joten eläköitymisen myötä voi sitten vielä tähyillä pian vapautuvia EU:n ylimpiä virkaposteja. Jos ei satu tärppäämään, voi sukkelasanainen "pujottelija" antautua rauhassa pyytämään savolaisia muikkuja ja rantakalaa maistellen naurattamaan hengenheimolaisiaan loputtomalla vitsivarastollaan.

Jeremiaan kritiikkiä hallituksen jäsenistä

On se ollut melkoista soutamista ja huopaamista koko Tuomenmaan hallituksen taival. Päätöksiä on tehty kiireellä ja hätiköiden. Periaatteena lienee ollut armeijan evp.-kapteenilta kuulemani tokaisu: "Parempi tehdä ratkaisu ripeästi vaikka huonomminkin kuin jäädä asiaa jahkailemaan." Se ehkä toimii sotilanteessa, mutta luulisi rauhanaikana olevan parempi vähän "fundeerata" vaikkapa läntisen Svea-naapurin malliin.

Suurena syynä häslinkeihin on varmaan hallituksen *kokemattomuus*. Ei pitäisi panna keltanokkia heti hallituksen tärkeimpiin virkoihin, jos niitä nyt sitten viroiksi voi nimittää. Esimerkiksi Maurice (äännetään: Mooris) *Pikkarainen* olisi ollut passelin kokenut mies pääministeriksi. Hänellä jo entisen talonmiestaustansa perusteella olisi ollut realistinen suhtautuminen politiikan tekemiseen. Maurice olisi varmaan tajunnut ottaa oppositionkin mukaan isojen asioiden parlamentaariseen valmisteluun, kuten ennen vanhaan oli tapana. Politiikassa ei pidä pyrkiä selkävoittoihin, joista toiselle jää hampaankoloon viinimarjansiemen kaivertamaan. Pistevoitot ovat osoittautuneet pitkän päälle paremmiksi.

Toinen mainio ministerikandidaatti olisi ollut Benito *Shostakovitsh.* Sukunimi viittaa musiikilliseen lahjakkuuteen, joka tutkimusten mukaan antaa monipuoliset edellytykset elämässä pärjäämiseen kiperissäkin paikoissa. Hänethän joka tapauksessa temmataan esiin, kun pitää yrittää antaa järkeviä selityksiä Sinituuli-puolueen töppäilyille. Ja *etunimen* perusteella voisi aavistella miehellä olevan melkoisia organisatorisia kykyjä, tarvittaessa myös kovin ottein.

Opastusministerin kompuroiminen ja katastrofaalinen toiminta olisi voitu välttää valitsemalla tehtävään vaikkapa Luukas *Ollikainen,* jolla on kokemusta koulutuksen kaikilta tasoilta alkaen riviopettajasta aina alan korkeimpaan tutkintoon saakka. Tuon uran rinnalla pystymetsästä temmatut valtiotieteen maisterit ja juoru-lehtien toimittajat kalpenevat. Ja opetusalan heikko tuntemushan kyllä sitten näkyy karusti toiminnassa: väännetään uudistuksia toisensa jälkeen, joissa vähemmällä rahalla pitäisi saada ihmetuloksia. Vähennetään esimerkiksi ammattikouluista opetustunteja ja pannaan teini-ikäiset oppilaat harhailemaan omin nokkinensa yrityksiin "työelämää oppimaan". Opettajarukat sitten joutuvat käytännössä näitä uudistuksia suunnittelemaan ja toteuttamaan, vaikka tietävät tehtävän olevan Sisyfoksen hommaa. Mutta onhan ministerin ja ministeriöiden korkeapalkkaisten virkamiesten osoitettava *pätevyytensä* pyörittämällä uudistusten sampoa. Seminaareissa on mukava kahvia hörppien esitellä teorioitaan. Lähtisivätpä nämä erinomaisten teorioiden esittelijät muutamiksi viikoiksi luokkahuoneeseen, niin heillekin karu totuus valkenisi.

– Valitettavasti Luukas Ollikainen ei kuulunut hallituspuolueisiin.

Tuhlausta ja vyönkiristystä

Kyllä minua Änkeröistä jurppii valtion tolkuton rahankäyttö. *Yritystukiinkin* uppoaa 8–9 miljardia euroa ja vain kymmenen prosenttia niistä on uudistavia; loput vain takaavat isoille firmoille niiden vanhat etuoikeudet. Tuo summa on reilusti yli kymmenesosa valtion budjetista. Ja suurin osa menee kuin Kankkulan kaivoon!

Isot laiva- ja metsäyhtiöt väittävät tukien olevan niille välttämättömiä. Ehkä ovatkin – erityisesti osakkeenomistajien mielestä, koska tukirahat taitavat mennä korkojen kanssa heidän osinkopotteihinsa, joita tukia haettaessa *varattomuuttaan* valittelevat yhtiöt sitten avokätisesti jakelevat. Tärkeitä tuet ovat ilmeisesti myös johtajien kovien palkkojen maksuun. Vuonna 2015 pörssiyhtiöiden toimitusjohtajien kokonaispalkka oli *keskimäärin* noin miljoona euroa vuodessa, mikä tekee noin 83 000 euroa kuukaudessa. Yleisin kuukausipalkka maassamme oli 2500 euroa. Palkkaneuvotteluissa tarjotaan sitten nollalinjaa, koska maamme kilpailukyky ei kestä ylettömiä palkankorotuksia...

Tyypillistä on, että johtajien palkkabonukset nousevat, kun he *irtisanovat* väkeä. Eräässä tapauksessa yhtiöstä erotettiin 400 henkeä, mistä seurauksena oli pääjohtajalle 150 000 euron bonus, koska pörssikurssi pompahti heti nousuun irtisanomisuutisen jälkeen. Kysehän oli ilmiselvästi johdon *taitavasti* suorittamasta toiminnan tehostamisesta! Vähemmällä väellä sama tai parempi tulos. Kyllä sellaisesta kuuluukin palkita, vai mitä? Se että tulos kiskotaan jäljelle jääneen väen selkänahasta kovemman työtahdin seurauksena, ei tietenkään kiinnosta ketään. Myös johtajien *työsuhdeturvasta* on yleensä huolehdittu hyvin. Eräällekin pomolle on luvassa 2,5 miljoonan euron eroraha, jos hänet irtisanotaan. Edellä mainittujen neljänsadan henkilön erokorvaus oli todennäköisesti pienempi...

Onneksi maassamme ei sentään ole mahdollista mennä sellaisiin älyttömyyksiin kuin USA:ssa, jossa kymmenen kovapalkkaisinta johtajaa saa vähintään 100 miljoonaa dollaria vuodessa.

Tuhdeimman tilin tekee Facebookin pomo: 6 miljoonaa dollaria *päivässä!*

Tutkijat ja virkamiehet pitävät valtion tukiin uhraamia miljardeja valtaosaltaan *tehottomina* ja kilpailua vääristävinä. Moni hallitus on yrittänyt leikata tukiaisia siinä kuitenkaan onnistumatta. Johan Vispilän hallitus asetti oikein parlamentaarisen työryhmän laatimaan leikkauslistaa tehottomille tuille. *Parhaimmiksi* havaittuja innovaatiotoiminnan tukia kyllä karsittiin, mutta toisaalla keksittiin myös *uusia* tukimuotoja. Saastuttavaan kaivostoimintaan pantiin lisää rahaa, samoin tuettiin runsaskätisesti Itämerellä kelluvia ravintoloita, biosellutehtaita ja tuulimyllyjä. Tuulituki onkin niin pitkäkestoista, että se on kyseisille yhtiöille suoranainen kultakaivos.

Miten sitten moinen järjenvastainen rahankäyttö ja *tuhlailu* on mahdollista? Köyhät opiskelijat, lapsiperheet ja eläkeläiset kyllä joutuvat kiristämään vyötä jatkuvien leikkausten vuoksi. Koulutuksesta pystytään myös säästämään vuosi toisensa jälkeen, mutta ei pörssiyhtiöiden tuista! Nettiä selaamalla minä Jeremias löysin vastauksia:

Suuret teollisuusyritykset ja niiden etujärjestöt puolustavat raivokkaasti omaa etuaan. Niillä on vahva edustus kaikissa poliittisissa työryhmissä, joissa tuista keskustellaan. Mitä tahansa tukea yritetään karsia, siitä tulee kova huuto. Teollisuuden lobbaus voittaa tutkimustietoon perustuvan kritiikin; tukiin ei ole uskallettu koskea, vaikka raportit ja selvitykset sanovat useimpien yritystukien olevan tehottomia ja vääristävän kilpailua.

Yritykset käyttävät kiristysruuvinaan uhkailua: Jos viette tuet, me viemme työpaikat ulkomaille. Kukaan poliitikko ei halua ottaa tällaista riskiä, vaikka uhkauksien toteuttaminen olisikin epätodennäköistä.

Nykyinen hallitus on kaudellaan höylännyt esimerkiksi koulutuksesta ja tutkimuksesta yli puoli miljardia, mutta yritystuet ovat saaneet pääosin olla rauhassa.

Opiskelijoiden, yliopistojen, kehitysapujärjestöjen, työttömien ja työssäkäyvien on täytynyt hyväksyä erilaisia leikkauksia valtion huonon taloustilanteen vuoksi ja osallistua yhteisiin taloustalkoisiin.

Yritystuet ovat myös mitä suurimmassa määrin aluepolitiikkaa. Kansanedustajalle olisi poliittinen itsemurha olla leikkaamassa sellaista tukea, jolla olisi vaikutuksia kotipaikkakunnan työpaikkoihin, teollisuuteen tai palveluihin. Yritystukea saava teollisuusyhtiö on monella pienellä paikkakunnalla suuri työllistäjä.

Näin toimii "demokratia ja osuuskauppaväki" Tuomenmaassa!

Pieni historiallinen syrjähyppy

Nyt on syytä palauttaa mieliin erään menestyksekkään oppilaitoksen kohtalo, sen nousu ja *tuho.* Tuhon aiheutti käenpoikanen, joka tuli "ystävänä" pesään, mutta tarpeeksi kasvettuaan ahmaisi kasvukumppaninsa ahneeseen kitaansa. Tapahtumapaikkoina Uusilinnan ja Joenmutkan kaupungit Tuomenmaan valtiossa. Tämäkin kertomus perustuu *mielikuvitushenkilö* Jeremias Änkeröisen tarinoihin, ja hänen tietolähteensä ovat tähtisumun peitossa.

Uusilinnan *opettajaseminaari* perustettiin 50-luvun alussa. (Käenpoika, Joenmutkan seminaari perustettiin vuotta myöhemmin!) Seminaarin rehtoriksi valittiin Hanna Kukkonen, joka johtikin laitostaan tarmokkaasti ja tuloksellisesti. Hän teki jopa iltaisin pistokokeita kaupungin kaduilla, ettei vain seminaarilaiset kävele siellä tyttö- tai poikaystäviensä kanssa käsi kädessä. Toimintahistoriansa aikana Uusilinnasta on valmistunut taitavia pedagogeja, joista on tullut merkittäviä vaikuttajia myös muissa kuin opetustehtävissä, niin taiteen, tieteen kuin urheilunkin saralla. Esimerkkinä voidaan mainita maailmanmainetta saanut bassolaulaja, jota kansainväliset oopperalavat kutsuivat muutamien opettajavuosien jälkeen.

Joenmutkan rehtoriksi valittiin puolestaan Unto Synkeys, jota jo alun pitäen harmitti, että Uusilinnan seminaari käynnistyi aikaisemmin. Ulkonäöltään hän oli nimensä veroinen: otsa synkissä kureissa ja silmissä kyräilevä katse. Kuitenkin hän oli saanut mainetta tehokkaana ja aikaansaavana miehenä, joten hänet kaikesta huolimatta valittiin ensimmäiseksi rehtoriksi.

– Katsotaan rauhassa, kyllä me vielä kilpailijoille näytetään, hän tuumaili pahaenteisesti.

Vuodet vierivät hiljaiselossa, mutta 60-luvun lopussa Joenmutkan seminaaria kohtasi melkoinen *onnenpotku:* se ylennettiin korkeakouluksi. Unto Synkeys oli tehnyt hiljaista taustatyötä ja saanut silloisen Maalaispuolueen opetusministerin, Jahvetti Inkeriläisen, vakuuttuneeksi, että nyt oli aika toteuttaa puolueen mainostamaa *hajauttamisteoriaa* oikein kunnolla. Itäiseen Tuomenmaahan oli suunniteltu uutta korkeakoulua paikkaamaan ylemmän opetuksen ja tutkimuksen ilmiselvää vajetta noilla kulmilla. U. Synkeys tiesi, että Joenmutkan mahdollisuudet saada uusi Alma mater olivat kohtalaisen heikot. Niinpä hän ja hänen esikuntansa kuiskuttelivat ministerille, että jaetaan korkeakoulu kolmeen osaan, jolloin Maalaispuolue tekee kolme kaupunkia tyytyväisiksi ja siten saa myös lisää iloisia äänestäjiä.

Niinpä sitten uusi korkeakoulu hajautettiin *kolmeen* osaan: Vilmanrantaan tekniset alat, Kalavedelle lääketiede ja Joenmutkaan opettajankoulutus ja humanistiset alat. Vanhat yliopistot eivät tienneet itkeäkö vai nauraa. Niiden mielestä oli suurta hulluutta paloitella korkeakoulu moneen osaan.

– Tällainen pienten yksikköjen perustaminen ja rahoituksen pirstaloiminen ei tiedä hyvää valtakunnan tieteelle ja tutkimustyölle, sieltä kuulutettiin suureen ääneen.

Myös rehtori U. Synkeys oli luonteensa mukaisesti vähän pessimistisissä ajatuksissa.

– Mahtavatko ne hallitusherrat myöntää meille riittävästi opetusja tutkimushenkilökuntaa? Ja mistä kunnon *tilat* laajentuvalle toiminnalle...

Mutta toimeen tartuttiin kaikilla kolmella paikkakunnalla, ja selvää edistystä olikin havaittavissa. Komeita uudisrakennuksia nousi, ja nuoret tutkijat paneutuivat asioihin ennakkoluulottomasti. Haluttiin näyttää epäilijöille, että pieni on kaunista ja toiminta joustavaa. Joenmutka peräti onnistui pitkän ja väsyttävän lobbauksen jälkeen *kaappaamaan* itselleen Risutieteen laitoksen sen entiseltä paikalta pääkaupungista.

Metsäalan tutkimus alkoikin pian tuottaa tuloksia. *Juhannuskokkoja* tutkivassa projektissa pystyttiin aukottomasti todistamaan, että ylivuotiset risut syttyivät herkemmin ja paloivat saasteettomammin kuin tuoreet oksat. Myös pienhiukkasten päästöt olivat alhaisemmat. Pohjalaiset tosin ilmoittivat, että heidän *pääsiäiskokoissaan* tuoreetkin kuusenoksat paloivat oikein iloisesti. Täytyy todeta, että juhannuskokkoekspertit olivat itätuomenmaalaista syntyperää, eivätkä olleet perehtyneet pääsiäiskokkoperinteeseen. Valitettavasti hakemuksista huolimatta he eivät saaneet suunnittelemalleen pääsiäiskokkoprojektille tutkimusrahoitusta, vaikka Pohjan akat ja ukot lupasivat antaa käytännön asiantuntemuksensa käyttöön. "Akka" ei muuten ole siellä lainkaan haukkumasana, vaikka se itäisillä pituuspiireillä siltä kuulostaakin.

Omakohtaisesti minä, Jeremias Änkeröinen, olin todistamassa, miten *iloisesti* kokko roihahti tuleen seurakunnan järjestämässä juhannusjuhlassa, kun siinä poltettiin tutkijoiden ohjeiden mukaisesti käsiteltyjä risuja parin haristuneen puuveneen lisäksi. Loimu oli vähän liiankin reipas, sillä järveltä puhaltanut tuulenvire lennätti kipinöitä läheiseen, osittain lahovikaiseen tuomeen, joka alkoi savuta – vähän kituuttamalla kuitenkin, ei sentään yhtä reippaasti kuin itse kokko.

Juhlassa laulunjohtoa hoitanut kanttori aloitti välittömästi *palontorjuntatoimet* hakemalla autonsa peräkontista muoviämpärin, jonka hän oli saanut lahjaksi rautakaupan avajaisissa, seisottuaan avajaislahjaa odottavien jonossa numerolla 80; lahja oli luvattu sadalle ensimmäiselle asiakkaalle. Oikeastaan kanttorin sijaintipaikka olisi ollut 79, mutta pelkkää lähimmäisrakkauttaan hän päästi edelleen kyynärsauvoihin nojaavan vanhan rouvan, jolle puolen tunnin jonotus selvästi tuotti vaikeuksia. Mainittakoon että sanko oli täytetty hyödyllisillä tavaroilla: siinä oli mäntysuopapullo ja juuriharja kesän matonpesutalkoisiin, kipukoukku lapaluiden vaivojen poistamiseen sekä miehille Priorin extra -kapseleita 180 kappaletta hiustenlähdön torjuntaan. Naisten sangossa erikoisuutena oli puolestaan Veet-voidetta ja kylmävahaliuskoja karvanpoistoon.

Mutta miten kanttori onnistui palontorjunnassa? Salamannopeasti hän kumosi sangosta edellä mainitut *hyödylliset* tuotteet peräkonttiin, juoksi vedenrajaan ja täytti sangon puolilleen vedellä. Tämä oli ihailtavan järkevää, sillä hän ei olisi jaksanut heivauttaa koko sangollista noin neljän metrin korkeudella olevaan palopesäkkeeseen, joka oli tuomen irvistävässä, hieman lahossa rungon osassa. Jotkut kokkoa ihailemassa olleet veneilijät ryhtyivät äyskäreineen seurakunnan esimiehen apulaisiksi. Kaikesta huolimatta käryä nousi edelleen tuomen kyljestä. Yhtäkkiä ilman täytti *paloauton* viiltävä ulvahdus: joku juhlayleisöstä oli oma-aloitteisesti hälyttänyt palokunnan, joka katsoi parhaaksi kaataa moottorisahalla koko puun. Sen jälkeen sammutus sujui kuin leikiten.

Tämä episodi tuli kerrottua vain sivumennen.

Toisena suurena hankkeena risutieteen laitoksella oli tutkia, kuivuvatko polttopuiksi hakatut halot pinossa paremmin *halkaistu* puoli ylös- vai alaspäin. Kaikki pinot peitettiin päältä päin huolellisesti Lainapeitteen pressuilla, toisissa halkaistu puoli ylös- ja toisissa alaspäin; sivut jätettiin peittämättä. Pinot olivat vierekkäin viiden metrin päässä toisistaan, jotta kuivattava ahava pääsi niihin hyvin puhaltamaan. Jokaisessa maakunnassa tehtiin vastaava järjestely.

Seurantavaiheineen projekti kesti kymmenkunta vuotta ja siihen saatiin rahoitusta paitsi Tekesiltä niin myös EU:n maaseuturahastosta sekä tietysti oman maakunnan lähteistä. Puiden kuivumista odotellessaan tutkijat osallistuivat kevättalvella myös tärkeään luonnonsuojelutoimintaan: valtakunnalliseen norppakannan laskentaan ja lumen kolaukseen keinopesiä varten vähälumisinä talvina. Olikin ihan eri asia pidellä käsissään kuuttien pehmeää karvaa kuin tunnustella paljain käsin halkojen pintaa kuivuusasteen tutkinnan ensivaiheessa; tikuilta siinä ei millään tahtonut välttyä. Onneksi tutkimussopimus kattoi lääkärikäynnit tarvittaessa ja pedikyyrin kuukausittain.

Tuloksia *testattiin* sitten polttelemalla klapeja leivinuuneissa ja kesämökkien takoissa. Lopputuloksena tästä tieteellisen tarkasti toteutetusta jättiprojektista oli, että mitään eroa materiaalin kuivumisessa ja palamisprosessin onnistumisessa ei ollut riippumatta siitä, miten päin halot oli pinoon ladottu. Joku voisi luulla, että turhaa työtä tehtiin, mutta ei: Tulokset julkaistiin *arvostetussa* kansainvälisessä tiedelehdessä ja kerrottiin, että polttopuiden tekijöiden ajansäästö tulee olemaan melkoinen, kun niin ammattilaiset kuin harrastelijatkin voivat surutta mättää halot pinoihin niitä sen kummemmin kääntelemättä. Ja aikahan on rahaa! Tarkempi rahallinen säästö jäi tilastotieteilijöiden laskettavaksi.

Ja vauhti sen kun vain kiihtyi Risutieteen laitoksella, kun se oli valittu *huippuyksiköksi* Joenmutkan korkeakoulun saavutettua yliopistostatuksen 80-luvun puolimaissa. Kun edellä kerrotut perustutkimukset oli suoritettu, niin sitten alettiin panostaa mm. biopolttoaineiden kehittämiseen ja puunjalostuksen sivuvirtojen hyödyntämiseen sähkön ja lämmön tuotannossa. Aikaisemminhan erilaiset lietteet, mustalipeät ja ligniinit työnnettiin surutta järviin tai jokiin, mikä heikensi ikävällä tavalla vesistöjemme kuntoa. Tutkimuksen avulla puunjalostuksen sivutuotteita onkin onnistuneesti voitu ottaa hyötykäyttöön esimerkiksi lannoitteina ja energiantuotannossa, niin että ne noin 90-prosenttisesti voidaan hyödyntää. Kaivosteollisuudessa tilanne ei taida olla läheskään niin hyvä. Viime aikoina on näet tihkunut ikäviä uutisia, joiden mukaan kokonaisen maakunnan vesiä on pilattu. Siitä kärsivät myös kesämökkien omistajat, jotka ovat valinneet lomapaikkansa nimenomaan puhtaiden vesistöjen ääreltä. Paha suonenisku myös matkailulle!

Olihan se lähes uskomaton juttu, että isosta yliopistosta siirrettiin jokin laitos "maakunnan" pieneen, aloittelevaan korkeakouluun. Mutta se tapahtuikin 80-luvulla. Nyt puhaltavat eri tuulet ja vallalla on keskittäminen, ei suinkaan hajauttaminen. Joka tapauksessa uudet kolme korkeakoulua (sittemmin ylennettyinä *yliopistoiksi*) saivat tuulta siipiensä alle: Kalavedellä kehiteltiin uusia lääketieteellisiä ratkaisuja mm. syöpähoidoissa ja Vilmanranta on kunnostautunut energian ja kemiantekniikan aloilla. Ja isäntäkaupungit kasvoivat ja vaurastuivat yliopistojensa myötä. Tarvitsivathan henkilökunnan lisäksi myös opiskelijat asuntoja, ruokaa marketeista ja myös biletyspaikkoja rankkojen luento- ja tenttipäivien kevennykseksi.

Mutta mitä on tapahtunut *Joenmutkan* kasvatustieteessä ja opettajankoulutuksessa? Siitähän koko yliopistokampus sai alkunsa. – Ei oikeastaan mitään mainittavaa, ja siinä se pulma olikin. *Uusilinnan* opettajankoulutuslaitos (OKL) puolestaan oli erikoistunut taito- ja taideaineisiin, jotka vetivät puoleensa opiskelijoita ympäri valtakuntaa. Lisäksi yhdessä normaalikoulun kanssa oli kehitetty uutta opetusteknologiaa, jota myös *digiopetukseksi* kutsuttiin. Tämä oli uutta ja mullistavaa koko maailmankin mittakaavassa. Näin ollen Joenmutka (käenpoikanen!) alkoi pitkällä tähtäimellä suunnitella tuon aarteen *kaappaamista* omalle paikkakunnalleen. Perusteitahan löytyy, kun niitä ruvetaan suunnitteluseminaareissa keksimään: voimavarojen yhdistäminen, kansainvälisen kilpailukyvyn vahvistaminen ja blaa blaa...

Ensimmäiset hyökkäykset *torjuttiin,* kun asiantuntevat opetusministerit ymmärsivät, että kahden yliopistokampuksen malli hyödytti parhaiten koko itäistä Tuomenmaata. Mutta sitten väsättiin uusi *yliopistolaki,* joka runnottiin läpi, vaikka professorit ja muu opetushenkilökunta sitä ankarasti vastustivat. Siinä yhtenä perusajatuksena oli yliopistojen *autonomia* ja muka liian hajanaisen korkeakoululaitoksen keskittäminen. Ei haluttu muistaa, mitä kaikkea hyvää korkeimmat oppilaitokset olivat tuoneet sijaintipaikkakunnilleen ja minkä suoneniskun koko alue kokisi siirron johdosta. Autonomiaan vedoten ja *sopivan* opastusministerin tuen turvin jyrättiin läpi päätös Uusilinnan OKL:n siirrosta Joenmutkaan. Nam!

Lakiministerin puheilla

Minä, Jeremias Änkeröinen, pohdin kammiossani, etteihän yliopistoasioita niin voi hoitaa, että siitä syntyy iso valtakunnallinen vahinko. Päätin ottaa yhteyttä oikeu(tu)sministeri Anders Hikkaseen, jonka toiminnasta olin saanut positiivisen kuvan: nuori, selkeäsanainen ja rehdintuntuinen tyyppi. Jospa hän jo virkansakin puolesta ottaisi asian vakavaan pohdintaan.

Jouduin kyllä ankarasti *pettymään.*

Mies osoittautui *artikulaatioltaan* eli ääntämykseltään suorastaan yliopistolliset puhetaidon vaatimukset täyttäväksi. Lisäksi hän osasi iskeä juttua lupsakkaasti monen tyylisten äänestäjien, varsinkin meidän ukko- ja mummoikäisten kanssa, joita kyselijät enimmäkseen olivat, kun tämä nuori ja salskea juristi oli kutsunut meitä tavallista kansaa Uusilinnan torille juttelemaan ja kahvittelemaan.

Riipaisin kahvin ja mutustelin pullan mahdollisimman nopeasti, ennen kuin kyselin mitään. Pelkäsin näet että jos kysymykseni olisivat liian hankalia, niin en saisikaan koko kahvilipuketta, joka oli välttämätön mutta *riittävä* edellytys ilmaiselle torinautinnolle.

Onnekseni Andersin kyselytunti ei ollut saanut mitään varsinaista kansanliikettä aikaiseksi, joten pääsin varsin pian lähituntumaan ja asiaani esittämään. Olin valmistautunut tehtävääni huolella, kirjoittanut kysymykseni ja niiden perustelut aanaloselle ja sulkenut ne vähän käytettyyn, lähes puhtaaseen kirjekuoreen (kierrätysperiaatteen mukaisesti). Koska ministerien aikataulu on tiukka ja asiani hankala suoralta kädeltä selvitettäväksi, niin päätin vain luovuttaa kirjekuoren saatesanojen kera.

– Herra ministeri, olen huolestunut niistä järkyttävän suurista taloudellisista vahingoista, joita Uusilinnan OKL:n siirto Joenmutkaan aiheuttaa. Lisäksi haluaisin selvitettäväksi vastuukysymykset: Miten saatetaan sellaiset päättäjät, jotka tieten tahtoen aiheuttavat toimillaan suuria tappioita kansantaloudelle, taloudelliseen vastuuseen ja *korvaamaan* aiheuttamansa vahingot? Onneksi asian selvittämistä helpottaa se, että Kakolan yliopiston rehtori on julkisesti sanonut yliopistonsa kantavan *täyden* vastuun OKL:n siirrosta. Ajan säästämiseksi olen esittänyt kysymykseni ja niiden perustelut tarkemmin tässä kirjeessä, johon toivon teidän tutustuvan ja antavan neuvoja, miten tätä korvausasiaa voidaan viedä eteenpäin.

Ministeri Hikkanen otti kirjeen käteensä ja lupasi *perehtyä* siihen kuukauden sisällä elokuussa, kunhan näistä heinäkuun helteistä selvittäisiin. Käteltiin ystävällisesti ja läksin helpottuneena availemaan pyöräni lukkoja ja sitä myöten polkemaan kotimatkalle.

Elokuussa odottelin vesi kielellä, milloin postilaatikkoon kolahtaisi ministeriön leimalla varustettu vastauskirje. Ei kolahtanut vielä. Meni syyskuu. Tuli lokakuu sateineen, ruskan värit katosivat ja niiden mukana myös oma toiveikkuuteni vaihtui syksyn harmauteen. Ei kuulunut vastausta eikä neuvoja. Aprikoin mielessäni, että oliko ministeri luvannutkaan *vastata* kysymyksiini, perehtyä kylläkin. Onkohan niillä lakikielessä sellainen ero, jota maallikkona en ollut osannut aavistaa? Ehkä perehtyminen ei välttämättä takaa vastausta, mitä en kylläkään ollut osannut ennakoida.

Ryhdyin kuitenkin *toimeen*. Lähetin ministeri Hikkaselle kysymykseni sähköpostissa ja muistutin tapaamisestamme. Ei mitään reaktiota. Sitten muistin Andersin maininneen, että hänelle tulee sähköisiä viestejä ihan tulvimalla, ettei niihin ehdi millään vastailemaan. Mutta onhan ministerillä avustajia ja sihteeri. Kaivelin netistä heidän osoitteensa ja puhelinnumeronsa. Ketään en meinannut saada langan päähän tai paremminkin sanottuna säteilyviestien kohteeksi. Lopulta toinen henkilökohtaisista avustajista vastasi. Kun kerroin asiani, hän vähän hätääntyneen oloisesti pyysi lähettämään viestini uudemman kerran omaan osoitteeseensa ja lupasi toimittaa sen ministerille. Kiire kai oli silläkin ressukalla. Varmaankin, koska tämäkään yritykseni ei tuottanut tulosta.

"Tuli kevät, tuli kesä, tulivat iloiset linnut..." sanotaan laulussa. Ja tuli ministeri Hikkanen myös seuraavana vuonna heinäkuun helteiselle Uusilinnan torille (kauluspaidan kainalot hiukan hikisinä, pikkutakki käsivarrenmutkassa) taas kuuntelemaan kansan syvimpiä tuntoja. Tällä kertaa ei ollut mitään kahvitarjoilua, vaan jouduimme istuskelemaan kuivin suin. Kupposta kuumaa kai oli yksi ja toinenkin odotellut, koska kukaan ei kahvia tilannut omaan piikkiin. Pääsin kuin pääsinkin taas ministerin juttusille ja esitin saman kysymyslistan kuin vuotta aikaisemmin, nyt kuitenkin ilman lähes puhdasta kirjekuorta. Totesin että voisimme samalla viettää vastaamattomien kysymysteni vuosijuhlaa...

– Onko näin? älähti ministeri. – Nyt ei ole viestiketju toiminut.

Hän tutkaili paperiani pikaisesti ja totesi, ettei asian tarkempi selvittely varsinaisesti kuulu oikeu(tu)sministeriön tehtäväkenttään. Kun kuitenkin penäsin häneltä neuvoja, kenelle se kuuluu ja miten korvausasiassa edetään, hän taitteli paperin nelin kerroin ja pisti povitaskuunsa.

– Minäpä tutustun tähän paperiin tarkemmin ja palaan asiaan kahden ja puolen viikon kuluttua.

– Hieno juttu! ryhdyin ilakoimaan. – Tähän lupaukseen voi varmaan luottaa, varsinkin kun se on lausuttu näin todistajien läsnä ollessa, ehätin vielä lisäämään.

Ministeri Hikkanen kääntyi sen pitemmittä puheitta muiden, todennäköisesti helpompien kyselijöiden ja ilmeisten puoluetovereiden puoleen. Minä puolestani läksin taas huojentuneena availemaan pyöräni lukkoja. Polkiessani mietin, että mitenkähän ne ministerit muistavat meitä tuomenmaalaisia juuri heinäkuussa. Sitten mieleeni välähti: nehän kärkkyvät ilmaisia lippuja oopperajuhlille! Saavuttuani kotiin kuivin suin sanoin armaalle vaimolleni: – Keitetäänpäs kulta kunnon pullakahvit!

Aikaa kului, vastausta ei kuulunut. On taas lokakuu. "Keltalehti, kultalehti sydämmen puusta putoo..." kuten runoilija asian ilmaisee. Minun sydämmen puusta on pudonnut luottamus poliitikkojen lupauksiin.

No tulihan se vastaus vihdoin, eikä kestänyt kuin vajaat *puolitoista* vuotta! Erityisavustajan lähettämässä sähköpostissa sanottiin, että "Oikeusministeriö tai oikeusministeri ei voi ottaa kantaa yksittäisiin tapauksiin eikä antaa oikeudellista neuvontaa." No mitä hemmettiä te siellä sitten puuhaatte? Yksittäiset tapauksethan nimenomaan ovat tärkeitä! Ette te osaa suuria linjojakaan hoitaa, minkä jo laatimanne yliopistolakikin osoittaa. Asiantuntijoiden eli yliopistoväen mielestä se on täysi susi (anteeksi vain susihukkanen...).

Pienenä vinkkinä kuitenkin mainittiin, että asiasta voi tehdä kantelun oikeuskanslerille tai eduskunnan oikeusasiamiehelle. Neuvoja voi saada oikeusaputoimistosta tai lakimieheltä.

Mieleen tuli, että Anders Hikkanenhan on lakimies. Voisikohan *häneltä* saada neuvoja...?

Mutta palataanpa nyt Jeremiaan havaintoihin politiikantekijöiden *epäitsekkäästä* uurastuksesta.

Mullistuksia hallitusrintamalla

Peruskallio-puolueen kentällä oli kiehuntaa: Puoluekokous oli tulossa ja piti äänestää uusi puheenjohtaja, koska entinen, ulkoministeri Simo Toini, oli kieltäytynyt jatkamasta. Puolueen kaksi siipeä, *kovan* linjan Juhani Routamaa ja *maltillisten* johtohahmo Alpo Perho kilvoittelivat johtopaikasta. Hallitus oli varpaillaan siltä varalta, että kova linja voittaisi. Saattaisi tietää huonoa mainosta Tuomenmaalle, jos yksi hallituspuolueista suhtautuisi jyrkän kielteisesti maahanmuuttoon ja ulkomaalaisiin yleensäkin.

Puoluekokous valitsi *kiihkeässä* äänestyksessä radikaalin Routamaan johtajakseen. Perho onnitteli voittajaa katkerat juonteet suupielissään:

– Demokratia on puhunut, pulinat pois!

Tämä linja ei kuitenkaan kestänyt kauan, kun pääministeri Vispilä ja raha(stus)ministeri Orpana kertoivat Perholle, ettei hallitusyhteistyötä voida harjoittaa Routamaan kanssa. Näin ollen oli tulossa *hallituskriisi*, mikä pelotti erityisesti Sentraalipuoluetta. Sen jyrkästi laskeneet kannatusluvut näet eivät luvanneet hyvää mahdollisissa uusissa vaaleissa. Myös Peruskallio-puolueen ministerit olivat huolissaan kohtalostaan, puoluehan olisi todennäköisesti joutunut vaalien jälkeen oppositioon. Ministerinautot ja mukavat edustustilaisuudet olisi voinut unohtaa.

Syntyi yllättävä ratkaisu: Noin puolet Peruskallio-puolueen kansanedustajista päätti erota puolueestaan (ministerit tietysti etunenässä, muuten heistä olisi tullut entisiä ministereitä) ja perustaa oman *Retliini tulevaisuus* -nimisen ryhmän, joka mahdollisimman pian rekisteröitäisiin omaksi puolueeksi. Etteivät värit menisi missään tapauksessa sekaisin, niin Sinituuli-puolue päätti pikapikaa muuttaa nimensä *Ruiskukka*-puolueeksi, jota nimeä siis jatkossa tässäkin tarinassa käytetään.

Hallituksen asema ei ollut enää kovin vankka, kun sillä ei ollut eduskunnassa kuin muutaman paikan enemmistö. Ei tarvittaisi monta loikkausta Retliinistä takaisin emäpuolueeseen, niin enemmistö olisi menetetty. Yhteiskuntademokraattinen puolue ja Vehreät vaanivat koko ajan tilaisuutta hallituksen kaatoon.

Kiehuntaa korkeakoulumaailmassa

Tässä on syytä palauttaa mieliin vähän taustatietoja yliopistojen organisaatioiden muutoksista. Tuomenmaan ylimpien oppilaitosten välillä käydään tietenkin veristä henkiinjäämistaistelua. Vanhojen, perinteisten yliopistojen mielestä valtakunnan laidoille perustetut *maakuntayliopistot* ovat tarpeettomia, eivätkä niihin sijoitettavat rahat arvostelijoiden mielestä auta tehokkaasti Tuomenmaan tieteellistä tutkimusta pärjäämään kovassa kansainvälisessä kilpailussa.

Uudet, pienemmät laitokset ovat tietysti vahvasti eri mieltä. Ne ovat omasta mielestään ketteriä ja valmiimpia vastaamaan uudenlaisiin haasteisiin kuin vanhat, *kangistuneet* opinahjot. Niinpä siis kaksi itsensä uhatuksi tuntevaa mutta viriiliä yliopistoa päätti lyödä hynttyyt yhteen: Kalaveden ja Joenmutkan yliopistot yhdistyivät Kaakonlaidan yliopistoksi, jota myös lyhyyden vuoksi *Kakolaksi* kutsutaan. Yhdistymissopimuksessa todettiin painokkaasti, että kolmantena toimipaikkana kokonaisuuteen kuuluu omaleimainen *Uusilinnan kampus.* Siellähän sijaitsivat jo toimintansa vakiinnuttaneet Opettajankoulutuslaitos (OKL), Kielineuvola ja matkailualan koulutus. Uho oli yhdistymisneuvotteluissa kova: Nyt meillä on sellainen yhdistelmä vahvoja koulutusaloja, että näillä eväillä kyllä pärjätään.

Ja kyllähän tämä hanke löi kilpailijat ainakin jossain määrin *ällikällä.* Seurauksena oli, että valtakunnassa lähti liikkeelle varsinainen yhdistymissuunnitelmien vyöry: Tuntui että nyt piti kaikkien liittoutua jollakin tavalla, jotta Opastusministeriö ei vain epäilisi meidän laitostamme *vanhakantaiseksi* ja vähentäisi määrärahoja. Ei tuntunut olevan väliä sillä, sopivatko kumppanit toisilleen, kunhan vain saatiin liittoja aikaan ja osoitettiin *uudistusmieltä*. Hallintopuoli jyräsi, eikä siinä auttaneet professorien todistelut, ettei esimerkiksi ole ollenkaan järkevää hivuttaa tiede- ja taideyliopistoja saman katon alle – paljon puhutut synergiaedutkin olivat monesti kyseenalaisia. Kun kerta liittoutuminen ja yhdistyminen oli muotia, niin sitä rataa oli kuljettava. Siinä huumassa alkoi jo myös hämärtyä ennen niin tarkkaan varjeltu raja tiedekorkeakoulujen / yliopistojen ja ammattikorkeakoulujen välillä. Vähintään jonkinlainen hallintohimmeli piti saada aikaan modernin ajattelutavan osoittamiseksi.

Joenmutkan välistävedot

Yhdistyneessä Kakolan yliopistossa hieroskeltiin tyytyväisinä kämmeniä: "Olimme *tiennäyttäjiä*, meidät on huomattu, olemme hyvissä kirjoissa myös Opastusministeriön silmissä." Joenmutkalaiset kuitenkin tunsivat olonsa hieman levottomaksi, kun ministeriön aika ajoin teettämistä selvityksistä kävi ilmi, että erityisesti humanistisissa aineissa, muun muassa kielissä, tulokset eivät olleet mairittelevia valtakunnallisissa vertailuissa. Hakijoita oli vähän ja niistäkin melkoinen osa karkasi jo muutaman vuoden jälkeen rintamaiden opinahjoihin. Eiväthän tuomenmaalaiset opiskelijat tyhmiä ole: Jos he haluavat pelata varman päälle, he hakevat sinne, minne on helpointa päästä. Saatuaan jalan oven väliin he sitten siirtyvät mieluisammalle paikkakunnalle, kun kerta systeemi antaa siihen mahdollisuuden.

Mikä nyt neuvoksi, kun yhteisen veneen pohja *vuotaa* vähän samaan tapaan kuin entisen DDR:n rajat tuon "valtion" alkuaikoina? No, hallintopuolen tehtävähän on miettiä ongelmiin luovia ratkaisuja, eikä aikaakaan kun siellä sytytti: Meillähän on Uusilinnassa myös kielikoulutusta! Miksei sitä voisi yhdistää (toisin sanoen: *siirtää*) Joenmutkaan? Saataisiin aikaan vahvempi yksikkö, kun siellä valmistumisprosentitkin ovat olleet korkealla.

Pientä ongelmaa saattaa kyllä syntyä aikoinaan tehdystä liittymissopimuksesta, jossa todetaan Kielineuvolan toimipaikkana olevan Uusilinna. Mutta eivätköhän Joenmutkan juristit saa sen selvitettyä vetoamalla vaikkapa yliopiston kokonaisetuun. Ja niinpä Uusilinnan vastaanpyristelyistä huolimatta brutaali siirto saatiin toteutettua.

Mutta eihän *kannettu* vesi kaivossa pysy! Alussa lupaavalta näyttänyt kielitieteen ja kääntämisen liitto alkoi hapertua. Odotettua hakijaryntäystä ei tapahtunut, hienosti suunnitellut erikoistumisryhmät kutistuivat, eikä kieltenopettajia ja kääntäjiä valmistunut toivottuun tahtiin. Tässä pätee ilmeisesti Tuomenmaassa yleisemminkin todettu lainalaisuus: maantieteelle emme mahda mitään.

Toinen välistäveto tapahtui kymmenkunta vuotta heikosti onnistuneen ensimmäisen jälkeen. (Kokemuksesta ei näköjään ollut opittu!) Joenmutka oli silmitellyt jo hyvän aikaa, osin kateellisenakin, Uusilinnan OKL:n toimintaa. Mieli teki siirtää se pääkallonpaikalle – sehän oli aikanaan houkuteltu Joenmutkan hallinnon alle ("itätuomenmaalaista *yhteistyötä*") – mutta kun ei oikein iljennyt eikä löytynyt moiseen temppuun perusteita. Uusilinnan toiminnalle asetettiin tiukkoja ehtoja: piti erikoistua, luoda oma *profiili,* ettei samanlaista koulutusta annettaisi kahdella eri paikkakunnalla. Uusilinnassa ymmärrettiinkin yskä (siirtouhka oli selvästi olemassa), käärittiin hihat ja luotiin *taito- ja taideaineiden* koulutusohjelma, josta tuli niin suosittu, että sitä opiskelemaan tultiin ympäri Tuomenmaata. Joenmutkassa haluttiin erikoistua matematiikkaan, mutta sen tuloksista ja suosiosta en minä, Jeremias Änkeröinen, ole kuullut sen kummempaa. Mahdettiinkohan siellä erikoistua joukko-oppiin ja Einsteinin suhteellisuusteoriaan...

Puun ja metallin työstö Uusilinnan OKL:n opetuksessa sai lisävauhtia, kun entisen homekopperon tilalle saatiin uusi *taitoteknologia*-rakennus sekä uudet koneet ja laitteet. Opiskelijat suunnittelivat ja valmistivat työnsä alusta alkaen itse (tietysti osaavien opettajien ohjauksessa). Tämä oli niin luovaa toimintaa, että naisopiskelijatkin innostuivat tästä perinteisesti niin miesvaltaisesta alasta. Tekstiilityöt kuuluivat luonnollisesti myös ohjelmaan. Opittuja taitoja on voitu soveltaa käytännössä tekemässä yhteistyötä kaupungin kulttuurielämän, mm. oopperajuhlien ja teatterin, kanssa. Kun lisäksi tulee vielä Normaalikoulun kanssa kehitetty digiopetus, voidaan todeta, että Uusilinnan OKL:ssä on tehty uraauurtavaa työtä koko maailmankin mittakaavassa.

Kaiken piti siis olla hyvin, oli erikoistuttu ja saatu mainioita tuloksia. Mutta ehkä kaikki oli liiankin hyvin. Tämähän oli suoranainen *herkkupala* haukattavaksi. Ja mahdollisuuden päästä tämän herkun kimppuun tarjosi uusi yliopistolaki, joka muka antoi yliopistoille *autonomian* eli päätäntävallan omien laitostensa sijaintipaikkoihin. Näin ainakin yliopistobyrokraatit väittävät. Monet tahot eivät kuitenkaan pidä tätä määräysvaltaa ehdottomana. Esimerkiksi Tuomenmaan eduskunnan tarkastusvaliokunta toteaa mietinnössään, että yliopistoille perustuslaissa ja yliopistolaissa taattu itsehallinto ei estä ottamasta ministeriön ja yliopistojen sopimuksiin yliopistojen toimintayksiköiden sijaintipaikkakunnan määritteleviä kohtia eikä se estä myöskään sitä, että valtion myöntämä rahoitus sidotaan tällaisiin sopimuskohtiin.

Minä, Jeremias, olen sitä mieltä, että *järjen* käyttö ja yhteiskunnan kokonaisedun huomioonottaminen on sallittua ja pitäisi olla myös pakollista. Nyt oli kuitenkin saatu aikaan sellainen hallitus ja nimitetty sellainen opastusministeri, että Joenmutkan pitkäaikainen haave saattoi toteutua. Vaikka OKL:n siirto aiheuttaa yhteiskunnalle jättilaskun, niin siitä huolimatta päätös runnottiin läpi, kun pääministeri oli sen verran *lepsu*, ettei uskaltanut kovin ottein puuttua alaistensa toimintaan. Eikä raha(stus)ministerikään tajunnut, että hänen tulee katsoa valtion kokonaisetua.

Aikaisempi opetusministeri, yhteiskuntademokraattien Jaakko Kustaanpoika, (tätä nykyistä kutsun mieluummin *opastusministeriksi*) oli torjunut moisen hankkeen vaatimalla sopimukseen lausekkeen, että koulutusta annetaan Uusilinnassa, mikä on sopusoinnussa eduskunnan tarkastusvaliokunnan lausuman kanssa. Vastauksena Joenmutkan rahoitusvaatimuksiin myönnettiin nelivuotiskaudeksi noin kahdeksan miljoonan *lisämääräraha* Uusilinnan "kampuksen opettajankoulutuksen toimintaedellytysten turvaamiseen". Ministeriö *ei* ole kuitenkaan *seurannut* lisämäärärahan käyttöä (!), eikä Uusilinnan kampuksella ollut tietoa, miten sitä oli käytetty. Vasta useiden pyyntöjen jälkeen Joenmutkasta saatiin jonkinlaiset selvitykset, mutta em. valiokunta ei ollut täysin vakuuttunut, että koko määrärahaa olisi käytetty alkuperäisen tarkoituksensa mukaisesti. Jeremiaan mieleen tuli ennakkotapaus, jossa Olympiakomitealta aletaan *periä* takaisin avustuksia, joita ei ole käytetty sopimuksen mukaan. Olisikohan tässä revohkassa vaikkapa lakiministerillä ja valtakunnan oikeuskanslerilla syytä ryhtyä asioita selvittelemään?

Haetaanpa oikeutta!

Uudessa unessani minä, Jeremias Änkeröinen, istuin oikeussalissa laajan kansalaisliikkeen antamalla valtakirjalla. Vastassani pöydän toisella puolella istuivat Kakolan yliopiston molemmat rehtorit ja koko hallitus. He tarvitsevat kaksi rehtoria, kun esimerkiksi maan suurimmat yliopistot selviävät yhdellä. Taitaa toinen olla yhdistymisneuvotteluissa tehty *suojatyöpaikka*, välähti mielessäni.

Tilanne oli unenomaisen selkeä: lakikielen mukaan *vastaajana* olivat edellä mainitut Kakolan yliopiston edustajat ja *kantajana* minä, Jeremias, kansalaisliikkeen valtakirjalla.

Tähän pisteeseen oli päästy, koska olin toimittanut Uusilinnan OKL:n siirtoon liittyvän materiaalin oikeuskanslerille, joka oli todennut asian yhteiskunnan kannalta niin tärkeäksi, että siihen piti saada selvyys. Hän lupasi itse tulla istumaan tuomarintuoliin ja valvomaan asian käsittelyä. Tasapuolisuuden nimissä ja kulujen säästämiseksi oli sovittu, että kumpikaan osapuoli ei käytä oikeussalissa juristeja, koska hehän usein ovat juttujen ainoita voittajia keräämällä taskuihinsa muhkeat *asianajopalkkiot.*

Oikeuskansleri avasi istunnon:

– Käsiteltävänä on juttu, jossa vastaajana on Kaakonlaidan yliopisto eli Kakola, jota edustavat täällä rehtorit ja yliopiston hallitus kokonaisuudessaan. Kantajana kansanliike "Äly hoi, älä jätä", jota edustaa Jeremias Änkeröinen. Hän toimii kansanliikkeen sadantuhannen allekirjoittajan valtuuttamana. Annan ensimmäisen puheenvuoron kantajalle.

– Arvoisa oikeuskansleri, kyse on Uusilinnan opettajankoulutus-laitoksen (OKL) siirrosta Joenmutkan kampukselle. Se on mielestämme heikosti perusteltu toimenpide ja sen aiheuttamat haitat ovat verrattomasti suuremmat kuin mahdolliset hyödyt. Tässä yhteydessä emme puutu kymmenen vuotta aikaisemmin tehtyyn Kielineuvolan kaappaukseen, joka oli myös paha suonenisku Uusilinnan talousalueelle. Se vaatii erillisen prosessin.

– Miten oikein Kakolan yliopisto on päässyt sellaiseen asemaan, että se voi siirrellä laitoksia paikkakunnalta toiselle? kysyi oikeuskansleri.

Jeremias: – Se on pitkä juttu, mutta yritän kertoa sen mahdolli-simman tiivistetyksi. Tämä juonitteluhan on käynnistynyt jo kauan sitten, aikana jolloin Joenmutka ja Kalavesi eivät olleet vielä liittyneet yhteen. Siirto ei ole niinkään Kalaveden intressissä, koska heillä ei ole ollut ohjelmassaan samantapaisia aineita kuin Uusilinnassa, vaan heidän profiilinsa on omaperäinen ja selkeä. Joenmutkassa sen sijaan valmistetaan opettajia ja siellä on kielikoulutusta kuten asia on / oli Uusilinnassakin. Joenmutka on ilmeisesti tuntenut olevansa *uhattuna* ja pelkää kohtaloaan näinä keskittämisen ja suuruuden ihailun aikoina. Niinpä se toimii kuten vaaraa pelkäävä eläin: se ärhentelee ja käy hyökkäykseen itsepuolustukseksi. Sääliksi käy heitä.

– Mutta miten se on päässyt *niskanpäälle*?

– Olin juuri tulossa siihen. 60-luvulla sekä Uusilinnassa että Joenmutkassa oli opettajaseminaari. Silloin toimi opetusministerinä Maalaispuolueen, (nykyisin Sentraalipuolue) johtohahmo Jahvetti Inkeriläinen. Silloin ilmeisesti elettiin Tuomenmaassa niin lihavia aikoja (!), että oli varaa perustaa uusi korkeakoulu Itä-Tuomenmaahan. Sijoituspaikkakunnasta käytiin veristä kilpailua, ja niinpä ministeri Inkeriläinen teki Salomonin tuomion: korkeakoulu jaettiin kolmelle paikkakunnalle – Kalavedelle, Vilmanrantaan ja Joenmutkaan. Ne saivat sellaisen *piristysruiskeen,* jota kukaan ei olisi uskonut. Kun sitten seminaareista oli tehty opettajankoulutuslaitoksia, niin päätettiin, että kaikkien OKL:ien piti kuulua johonkin korkeakouluun. Näin Uusilinnan OKL (ja myöhemmin myös Kielineuvola) päätyi Joenmutkan alaisuuteen. Mutta oliko se kiitollinen saamastaan onnenpotkusta, siitä että sen vaatimattomasta opettajaseminaarista oli tullut yhtäkkiä, ministerin armosta, korkeakoulu? Ei, vaan lisää teki mieli. Vaikka liitossopimuksissa sanotaan, että laitosten toimipaikka on Uusilinnassa, niin jotenkin asiat on vain puljattu niin, että siirto on muka mahdollinen.

– Kiitos tästä valaisevasta historiallisesta katsauksesta! Mitä tähän sanoo vastaaja? Käyttääkö alkupuheenvuoron rehtori vai akateeminen rehtori? Tässä onkin oltava tarkkana, etteivät miehet mene sekaisin..., niin tarkoitan siis, etteivät *tittelit* sekaannu. Miksi teillä muuten on tällainen hierarkia, se on aika outo yliopistomaailmassa? Yliopistovirathan ovat kaikki akateemisia virkoja. Voitaisiinko selvyyden vuoksi käyttää toisesta rehtorista perisuomalaista nimitystä *pehtoori*?

– Ei nyt sentään, herra oikeuskansleri, aloitti puheenvuoronsa ei-akateeminen(!)*rehtori*Tunkkanen.–Näinsevainsovittiin Kalaveden ja Joenmutkan yliopistojen yhdistymisneuvotteluissa. Eikä näin kiireessä voida ottaa käyttöön uusia titteleitä. Ehdotuksenne osoittaa kuitenkin hyvää huumorintajua. (Jouduttiinhan kuntaliitoksissakin keksimään mitä erilaisimpia päällikkötason virkoja, tuumi Jeremias itsekseen.)

– Mutta itse asiaan: Olemme perustelleet OKL:n siirron seikkaperäisesti sekä taloudellisin että tieteellisin seikoin. Kyse on yliopiston talouden järkeistämisestä ja opetuksen ja tutkimuksen tason nostamisesta.

– Mitä sanoo kantaja?

– Arvoisa oikeuskansleri, rehtori puhuu nyt vain *yliopiston* taloudesta ja unohtaa siirron suuret negatiiviset *kokonaisvaikutukset,* joista jo aikaisemmin mainitsin. Jos yliopisto säästää muutaman miljoonan, niin muun yhteiskunnan menetykset ovat monikymmenkertaiset. Kaiken lisäksi valtio on aikaisemminkin antanut *lisärahoitusta* kompensoimaan mahdolliset lisäkulut, jotka aiheutuvat opettajankoulutuksen järjestämisestä kahdella paikkakunnalla. Miksi lisärahoitus ei nyt kelvannut? Opetuksen tasoon haluaisin palata vähän myöhemmin.

– Rehtorin vastine?

– Meidän tehtävänämme on toimia koko yliopiston parhaaksi. Meidän kannaltamme vain tietyksi ajaksi myönnetty lisärahoitus ei ole kestävä ratkaisu.

Oikeuskansleri: – Tarkoittaako tämä sitä, että yliopistoissa tehdään päätöksiä ahtaasti vain omaa etua ajatellen, ottamatta huomioon, mitä vaikutuksia niillä on ympäröivään yhteiskuntaan? Eikö teidän toimintanne pitäisi hyödyttää koko maata eikä vain sijaintipaikkakuntaanne? Tässähän tulee mieleen puheet *norsunluutornista.* Voisiko kantaja täsmentää niitä kuluja, joita siirto aiheuttaa muulle yhteiskunnalle?

Änkeröinen: – Kyse on arvioiden mukaan 100–150 miljoonan euron luokkaa olevasta vahingosta kansantaloudellemme. Ehkä räikein esimerkki on opiskelija-asuntojen tilanne: Uusilinnassa jokainen opiskelija on halutessaan saanut hyvän asunnon, ja niistä on jopa ylitarjontaa. Joenmutkassa taas alalla on huutava pula. Sadat opiskelijat ovat joutuneet turvautumaan hätämajoitukseen, opetustilat eivät riitä ja ryhmäkoot ovat sietämättömän suuret. Nyt ollaan siinä tilanteessa, että Uusilinnassa joudutaan purkamaan satoja opiskelija-asuntoja, kun taas Joenmutkan kerrotaan hakevan valtiolta kymmenien miljoonien avustuksia uusien asuntojen ja opetustilojen rakentamiseksi. Grynderit hieroskelevat käsiään, yliopiston ja kaupungin hallinnossa *ilakoidaan* ja eletään nousuhuumassa: "Meille rakennetaan maan monipuolisinta opettajankoulutusta." Tässä tekee mieli siteerata tunnetun korpifilosofin sanoja: "Ettäs kehtaatte – ja kyllähän te kehtaatte!"

– Ettei toimita vain Uusilinnan kustannuksella..., tuumi oikeuskansleri. – Ei tunnu oikein järkevältä yhteiskunnan rahojen käytöltä. Miten valtio voi sallia tällaisen "siirtolaispolitiikan"?

Änkeröinen: – Siinäpä se, arvoisa oikeuskansleri! Tässä tarvitaan varmaan erillinen selvittelytilaisuus ministerien kanssa. He ehkä kertovat teille, miksi tällainen mystinen prosessi on voinut syntyä. Jos saan kuitenkin jatkaa vielä yliopiston toiminnasta. Te, arvoisa rehtori Tunkkanen, olette lehtikirjoituksessa julkisesti sanonut, että yliopisto kantaa täyden *vastuun* OKL:n siirtopäätöksestä. Vastuuta voi olla monenlaista.

– Tarkoitimme lähinnä mielenilmauksia ja yleisönosaston ivakirjoituksia, pisti väliin yliopiston hallituksen puheenjohtaja. – Niihin olimme varautuneet, emmekä ole antaneet niiden järkyttää mielenrauhaamme. Koirat haukkuvat ja karavaani kulkee.

– Tuo liittyy lähinnä *moraalis-eettiseen* vastuuseen, totesi Änkeröinen. – Sitä vastuuta te ette todellakaan ole kantaneet, koska riistätte toistuvasti pienempää osapuolta. Se ei mielestäni käy ollenkaan yksiin tuomenmaalaisen oikeustajun kanssa.

– Eikö yliopistonhallinnossa todellakaan keskustella koskaan tuosta *etiikkapuolesta,* oikeasta ja väärästä, myös ratkaisujen muiden osapuolten kannalta? tiedusteli oikeuskansleri aiheuttaen vastaajien rivistössä kiusaantunutta mutinaa. – Onko todellakin niin, että voitte tehdä päätöksiä toisen paikkakunnan vahingoksi ottamatta heidän mielipiteitään huomioon?

Ei-akateeminen rehtori: – Uusilinnan kanssa on käyty aikoinaan liitosneuvottelut sekä OKL:n että aikaisemmin mainitun Kielineuvolan kanssa. Niistä tuli yliopistomme elimellinen osa. Sittemmin säädetty yliopistolaki antaa meille mahdollisuuden päättää laitostemme toiminnasta ja sijainnista tarkoituksenmukaisimmalla tavalla.

– Yliopistolaki ja yliopistolaki! puuskahti oikeuskansleri. – Lakihan on niin kuin sitä luetaan! Ette te voi *melskata* valtion rahoilla miten tahansa, ja aiheuttaa "autonomiallanne" muulle yhteiskunnalle hirvittävät tappiot! Tällä tavallako te vain tuijotatte omaan napaanne siellä norsunluutornissanne? Yliopistoilla on velvollisuus vaikuttaa ympäröivään yhteiskuntaan, mutta ei tällä tavalla. Kyllä tämä Joenmutkan tapaus on selvä esimerkki siitä, että yliopistolaki on *epäonnistunut,* ja se on korjattava kiireen vilkkaa!

Kakolan hallituksen puheenjohtajarouvan alahuuli alkoi väpättää ja mascara osoitti valumisen merkkejä, mitä hän yritti torjua paperinenäliinan avulla. Rehtorienkin kädet pyrkivät tärisemään. Näin kovaa ja näin arvovaltaiselta taholta osoitettua kritiikkiä eivät hekään urallaan olleet ennen joutuneet kokemaan. Ruohonjuuritasolta osoitetun arvostelun he olivat tottuneet kuittaamaan mitäänsanomattomalla virkamiesjargonilla tai jättämään sen kokonaan kommentoimatta.

– Niinhän se on, komppasi Jeremias. – "Mikä ei ole *oikeus ja kohtuus*, se ei saata olla lakikaan.
Yhteisen kansan hyöty on paras laki; ja sentähden mikä havaitaan yhteiselle kansalle hyödylliseksi, se pidettäköön lakina, vaikka säädetyn lain sanat näyttäisivät toisin käskevän." Nämä *tuomarinohjeet* esitti pappi ja oikeusoppinut Olaus Petri jo 1530-luvulla.

Änkeröinen jatkoi: – Edellä mainituissa liitossopimuksissa todettiin yksiselitteisesti, että laitosten *toimintapaikkakuntana* on Uusilinna. Ja kuinkas nyt on käynytkään?

– Vielä tuosta etiikkapuolesta ja siihen liittyvästä historiasta: Uusilinnakin oli mukana kilpailemassa uudesta korkeakoulusta, siellähän sijaitsi samanlainen opettajaseminaari kuin Joenmutkassakin. Mutta tunteeko viimemainittu kaupunki kiitollisuutta saamastaan lottovoitosta, jonka avulla se on saanut huimasti valtion rahaa ja turvonnut kuin pullataikina? Ei, ei sieltä näytä löytyvän ymmärrystä, että Uusilinnallekin OKL on elintärkeä, koska sitä ollaan "vahvemman" oikeudella viemässä sieltä pois. Nyt tuntuu Sentraalipuolueen aluepoliittinen pallo olevan hukassa.

– Niinpä todellakin! kauhisteli oikeuskansleri. Eikö hyvän pitäisi antaa kiertää?

Änkeröinen: – Mutta vielä siitä vastuusta. Tässä OKL:n siirtopäätöksessä nousee esiin erityisesti *taloudellinen* vastuu. Pitääkö paikkansa, hallituksen puheenjohtaja, että te suorassa radiolähetyksessä olette sanonut, ettei siirtopäätöstä peruta mistään rahasta?

– Taisinpa niin sanoa, kun siinä nopeassa tilanteessa asiaa minulta tivattiin, sammalteli vastuuhenkilö.

– Mutta sehän antaa sen vaikutelman, että yliopistonne kylpee rahassa, huomautti oikeuskansleri. – Eikö se ollut aika epädiplomaattista?

– Ei se ainakaan niin ollut tarkoitettu, vastasi puheenjohtaja ääni väristen.

Änkeröinen: – Otetaanpa nyt lähempään tarkasteluun tämä taloudellinen vastuu. Saamme selvän lähtökohdan siitä, että yliopistonne on luvannut *kantaa* vastuunsa. Eikä se tässä asiassa ole suinkaan vähäinen: Kyse on yli 100 miljoonan euron vahingosta; tarkempia laskelmia löytyy lehdistöstä ja Uusilinnan toimittamasta materiaalista. Päässälaskun helpottamiseksi olettakaamme, että kyse olisi tuosta tasasummasta. Tarkoitatteko tuolla "yliopiston" vastuulla koko yliopiston organisaatiota ja budjettia vai myös / tai rehtoreita ja yliopiston hallitusta?

Rehtori: – Tuota en tullut tarkemmin ajatelleeksi kirjoitusta laatiessani.

Änkeröinen: – Nyt se on oleellisen tärkeä seikka selviteltäväksi. Miten korvaatte yhteiskunnalle aiheuttamanne vahingon? 100 miljoonan korvaus nelivuotiskaudella tarkoittaa 25 miljoonan *lovea* vuosittain yliopiston budjettiin. Se varmaan merkitsisi melkoisia irtisanomisia ja niistä johtuvia "mielenilmauksia ja yleisönosaston ivakirjoituksia" Joenmutkassa, ellei peräti tervaa ja höyheniä s----nan tunareille. Jos oikeus aikanaan päätyy myös hallituksenne jäsenten henkilökohtaiseen vastuuseen, niin se tietysti osaltaan pienentää yliopiston budjettivajetta.

– Ei kai se noin voi mennä, parahtelivat hallituksen jäsenet kuorossa.

– Kyllä se vain niin on, sanoi Jeremias Änkeröinen. – Kun te olette ryhtyneet yliopiston hallitukseen, niin samalla olette ottaneet kantaaksenne myös vastuun tekemistänne päätöksistä. Ei hallituksessa olo tarkoita vain avajaiskakkujen syömistä, cocktailkutsuja ja kokouspalkkioiden nostoa. *Lisäkorvattavaa* yliopistolle voi sivumennen sanoen tulla myös siitä noin kahdeksan miljoonan lisämäärärahasta, jonka se sai koulutuksen kehittämiseen Uusilinnassa. Siellä ei olla tietoisia, mihin tuo raha on mennyt, eikä eduskunnan tarkastusvaliokuntakaan ole saanut siitä kuin epämääräisiä lukuja, ja niitäkin vasta useiden kyselyjen jälkeen. Saattaa käydä kuin Olympiakomitealle, joka joutuu palauttamaan huolettomasti käyttämiään valtion avustuksia.

– Mutta eivät rehtorit eikä hillintäjohtaja meille tällaista kertoneet perehdyttämisviikollamme Yllästunturilla, vaikeroi hallituksen opiskelijajäsen. – Eikö sitten ministeriöllä ole mitään roolia tässä vastuukysymyksessä?

– Ministereillä on ministerien vastuu tekemisistään ja tekemättä jättämisistään, kommentoi oikeuskansleri. – Virastomme tehtäviin kuuluu valtioneuvoston toiminnan *valvonta*. Jos havaitsemme epäkohtia, niin tutkimme ne ja ryhdymme tarvittaviin toimenpiteisiin.

– Me olemme toimineet yliopistolain meille suomin valtuuksin, kivahti akateeminen rehtori Pöheikkö. Tuo lakihan suo yliopistoille autonomian eli vallan itse päättää omista asioistaan. OKL:n siirrosta olemme sopineet opetusministerin kanssa käymissämme tulosneuvotteluissa.

Rehtori Tunkkanen jatkoi: – Perusteluna OKL:n siirtoon voimme mainita myös sen, että laitoksen tutkimuksen määrä ja laatu ei ole riittävällä tasolla...

Änkeröinen: – Eduskuntahan on tavallaan maan hallituksen esimies (jos näin vielä uskaltaa sanoa) ja valvoo sen toimintaa. Eduskunnan tarkastusvaliokunta on todennut, että Uusilinnassa suoritettujen tohtorintutkintojen määrä on ollut kasvussa viime vuosina, samoin tieteellisten artikkelien määrä. Se myös toteaa, että *tutkimuksen* painottaminen opettajankoulutuslaitosten toimintaa arvosteltaessa ei ole lainkaan olennaista, koska nämä laitokset valmistavat kasvattejaan suoraan *työelämään.* Arviointiperusteita tulee siis muuttaa. Kukaan ei ole tietääkseni kyseenalaistanut sitä, etteikö Uusilinnan OKL valmistaisi todella päteviä ja monitaitoisia opettajia työelämän tarpeisiin.

– Sitä emme kiistäkään, totesi akateeminen rehtori. – Tavoitteena on kuitenkin luoda Joenmutkaan Tuomenmaan monipuolisin opettajankoulutuslaitos yhdistämällä Uusilinnan vahvuudet omiin ominaispiirteisiimme. (– Mitähän ne mahtavat olla? pohti Jeremias itsekseen.) Ja siihen yliopistolaki antaa meille mahdollisuuden, vaikka se Uusilinnaa valitettavasti kirpaiseekin. Mutta koko Kaakonlaidan yliopiston kannalta siirtopäätös on hyvä.

– Yliopistolain suoma valtuus OKL:n siirtoon on tarkastusvaliokunnan mukaan *kyseenalainen*, totesi Jeremias Änkeröinen. – Yliopistolaissahan sanotaan selkeästi: ”Opetusministeriö voi rahoitusta myöntäessään asettaa rahoituksen käyttämiselle ehtoja ja rajoituksia.” Valiokunnan mielestä rahoittajalla eli valtiolla on siis mahdollisuus vaikuttaa koulutuspaikkakuntaan. Niinhän teki silloinen opetusministeri Jaakko Kustaanpoika (tätä nykyistä minä nimitänkin vain *opastusministeriksi*) edellisellä sopimuskaudella pannessaan lisärahoituksen ehdoksi koulutuksen säilymisen Uusilinnassa. Ja sama yliopistolaki oli silloinkin voimassa.

– Niinpä niin, mutta nykyisen ministerin kanssa *sovimme* siirrosta, puuttui puheeseen hallituksen puheenjohtaja.

– Sepä siinä, murahti Jeremias. Tuli *sopiva* hallitus ja tuli sopiva ministeri. Sitähän te varmaan jo kauan olitte odottaneetkin. Mutta näin te ilmeisesti *siirrätte* vastuun tai ainakin vastuuta maan hallituksen harteille. Salliiko tuo paljon mainostettu yliopistolaki sellaisten päätösten tekemisen, jotka ehkä yliopiston kannalta näyttävät järkeviltä, mutta unohtavat kokonaisuuden? Lakihan velvoittaa yliopistoja ottamaan huomioon päätöstensä *yhteiskunnallisen* vaikuttavuuden. Jos te yliopistoväki ette kanna huolta valtakunnan kokonaisedusta, ja jos siitä eivät huolehdi ministeritkään, niin silloin tämä varmaan tietää töitä oikeuskanslerinvirastolle. Taitaa tulla *lisää* taloudellisen vastuun kantajia. Kyllä opastusministerin olisi pitänyt ymmärtää negatiiviset kokonaisvaikutukset ja raha(stus) ministerin olisi pitänyt estää valtion varojen tuhlaus. Viime kädessä pääministerin olisi pitänyt valvoa laumansa toimintaa eikä vain lepsuilla: "Kyllähän minä soitin monta kertaa yliopiston hallitukselle, mutta eivät ne suostuneet perääntymään..."

Oikeuskansleri: – Tässä on isot asiat ja isot rahat kyseessä. Onko kantajalla esittää sellaista *ratkaisua*, joka selvittäisi tämän Gordionin solmun?

– Kyllä on herra oikeuskansleri! kajautti Jeremias vakuuttavalla bassoäänellään. – Ja se on yksinkertainen, mutta vaatii nöyryyttä: Yliopisto *peruuttaa* OKL:n siirtopäätöksen, niin silloin taloudelliset tappiot jäävät varsin vähäisiksi. Vahinkoa on kyllä jo syntynyt, mutta niistä voidaan varmasti päästä sopuun neuvottelemalla. Kakolan yliopisto ja sen hallitus voivat huokaista helpotuksesta, eikä Tuomenmaan hallituskaan joudu suurennuslasin alle. Jos jotain on siirrettävä, niin siirretään Joenmutkan OKL Uusilinnaan, jossa on asuntoja ja muitakin tiloja yllin kyllin ja jonka opetusta opiskelijatkin kiittelevät jatkuvasti.

– Tämähän olisi kuin vanhan ajan saduissa, ihasteli oikeuskansleri. – Kovien vaikeuksien jälkeen *onnellinen* loppu. Tähän meidän täytyy pyrkiä. Otanpa yhteyttä maan hallitukseen ja kerron näistä korvauksiin liittyvistä uhkakuvista ja siitä, miten niiltä voidaan välttyä. Samoin on otettava esiin myös Uusilinnalle luvatut *kompensaatiot.* Neuvottelu voitaisiin käydä pääministerin virka-asunnossa tavallisen iltakoulun sijasta. Kuten herra Änkeröinen totesi: Nyt tarvitaan nöyryyttä!

Oikeuskanslerin koulussa

Ylin oikeudenvartijamme ei aikaillut, vaan sai kokouksen koollekutsutuksi kahden viikon varoitusajalla. Hän tiesi vanhastaan, että hankalia asioita mielellään lykätään ja toivotaan, että ne *hautautuisivat* kaikessa hiljaisuudessa. Kutsuttuina olivat kaikki ministerit, Kakolan molemmat rehtorit ja myös minä, Jeremias Änkeröinen. Olihan se aika kutkuttavaa olla niin arvovaltaisessa seurassa. Olen kuitenkin jo oppinut olemaan pelkäämättä isojakaan pomoja. Ihmisiä hekin ovat ja joskus heillä on suorastaan *inhimillisiä* piirteitä. Olin havaitsevinani eräillä ministereillä hieman *huolestuneita* ilmeitä. Ilmeisesti sana oli levinnyt: Nyt keskustellaan siitä, kutka (vai pitäisikö sanoa: ketkä, ettei sotkeuduta lääketieteen sanastoon) ovat vastuussa yhteiskunnalle aiheutetuista vahingoista ja siis myös *korvausvelvollisia,* ellei näiden vahinkojen synnylle panna stoppia.

Oikeuskansleri avasi istunnon:

– Teillä on kuulemma täällä iltakoulussa sellainen tapa, että ministerit ovat kukin vuorollaan vastuussa tarjoilusta. Tällä kertaa minä olen ottanut sen vastuun, ja tarjoan itse valmistamaani lasagnea, joka siis äännetään todellakin `lasanje`, vaikka kirjoitetaan eri tavalla. (Jeremias itsekseen: on kansleri paremmin perillä näistä ääntämisasioista kuin eräs ministeriön korkea virkamies, joka luennoi meille aikoinaan *Bolognan*-prosessista, ja äänsi sen toistuvasti niin kuin se kirjoitetaan; ei ollut varmaan milloinkaan tehnyt *lasagnea*...) Kyytipojaksi tarjoan itse keräämistäni karpaloista tehtyä mehua. Kippis!

Ministerit ja rehtorit alkoivat hyöriä lasagnetiskin ympärillä hyväksyvästi mutisten. Päivä oli itse kullakin ollut pitkä, joten iltapala oli todella tarpeen. Karpalomehu oli raikasta ja virkistävää, joten monikaan ei kaivannut jokailtaista huurteistaan.

Kun vatsan vaatimukset oli tyydytetty, aloitti oikeuskansleri varsinaisen kokouksen:

– Olen saanut Jeremias Änkeröiseltä ja monesta muustakin

lähteestä tietoja, että Uusilinnan OKL:n siirto Joenmutkaan ei ole suinkaan selvä ja ongelmaton asia. Ei varsinkaan, kun otetaan huomioon, että Uusilinnasta valmistuneet opettajat ovat tunnetusti monipuolisia taito- ja taideaineiden hallitsijoita, kuten saamastani materiaalista olen voinut todeta. Miksi sellainen koulutus pitää *lakkauttaa?*

– Eihän sitä lakkauteta, vaan *siirretään* Joenmutkaan, ähkäisi ei-akateeminen rehtori Tunkkanen.

– Miksi siirretään, kun kaikki toimii: OKL:n tilat ovat kunnossa, normaalikoulu voidaan remontoida paljon pienemmin kustannuksin kuin Joenmutkaan suunnitellut tilat, ja taitoteknologian rakennus on suorastaan ainutlaatuinen koko Tuomenmaassa, kommentoi väliin Jeremias.

– No kun tohtoreita valmistuu ja tieteellisiä artikkeleita tuotetaan niin vähän! tokaisi akateeminen rehtori Pöheikkö.

– Nuo asiat eivät suinkaan ole tärkeimpiä, koska opettajia on tarkoitus kouluttaa suoraan *työelämään* eikä tutkijoiksi, muistutti Änkeröinen. – Ja sama ongelma teillä on Joenmutkassakin! Lisäksi teillä on tunnetusti kova pula opiskelija-asunnoista jo nyt. Entä sitten jos tulee yhdellä rysäyksellä 800–900 uutta opiskelijaa? Eivätkä opetustilat eikä opettajaresurssit riitä kunnolla huolehtimaan sellaisesta määrästä uusia studentteja. Lopputöiden eli gradujen ohjaus kuuluu olevan jo nyt retuperällä.

Rehtori Tunkkanen: – Meillä on valmiit *rakennussuunnitelmat* sekä asuntoloista että uusista opetustiloista. Rahoitus on otettu huomioon yliopiston budjetissa, rakennusyhtiöt ovat osaltaan mukana, ja olemme hakeneet myös valtion avustusta 35 miljoonaa.

– Mutta eikö ole mieletöntä yhteisten varojen *tuhlausta,* kun Uusilinnassa olevia valmiita tiloja joudutaan purkamaan ja teille rakennetaan uusia seiniä tilalle? kysäisi kansleri. – Ja vielä pyydätte niihin valtion rahoitusta!

Rehtori Pöheikkö: – Rakentaminen panee kaupunkimme pyörät *pyörimään*, se on huomattu jo nyt. Tämä uudistus nyt vain oli vihdoinkin tehtävä. Se on yliopistolain mukainen ja siitä on sovittu opetusministerin kanssa.

Jeremias: – Uusilinnassa se teidän touhunne panee *hiekkaa* rattaisiin!

Oikeuskansleri: – Niin, siinähän se ongelma onkin. Jos ministeri olisi tarkastellut siirtosuunnitelman laajempia yhteiskunnallisia vaikutuksia, hän olisi voinut lausumallaan saada toiminnan jatkumaan Uusilinnassa. Nyt täytyy kääntyä asianomaisen ministerin puoleen ja kysyä, miksi hän ei tehnyt niin kuin edeltäjänsä edellisellä rahoituskaudella.

Ministeri Svan-Kaasalainen: – Kakola perusteli kantaansa yliopiston pitkäjänteisellä *kehittämisellä* ja yliopistolain suomilla valtuuksilla.

Oikeuskansleri: –Yliopistolaista huolimatta *rahoittajalla* on aina sanansa sanottavana, koska maan hallituksen on otettava huomioon laajemmat yhteiskunnalliset vaikutukset. Ja niistähän on todettu tulevan ainakin valtavat tappiot veronmaksajille.

Svan-Kaasalainen: – Eivät Kakolan neuvottelijat niistä juurikaan puhuneet.

Jeremias: –Näin siinä käy, kun ministereiksi nimitetään henkilöitä, joilla on liian vähän kokemusta kyseiseltä hallinnonalalta. Sitä olen aina ihmetellyt. *Pyrkyä* ministereiksi kyllä riittää. Ilmeisesti luotetaan siihen, että virkamiehet hoitavat käytännön asiat ja ministeri vain edustaa ja hurmaa. Sitten voi lukea valmiita tarinoita virkamiesten laatimista papereista.

– Mitä sanoo tähän raha(stus)ministeri Vesseli Orpana? Eikö teidän tehtävänne ole katsoa tehtyjä ratkaisuja ja niiden taloudellisia vaikutuksia *kokonaisuuden* kannalta? kyseli kansleri.

– Kyllähän asia niin on, mutta yleensä ministerit hoitavat oman tonttinsa eivätkä *solidaarisuussyistä* puutu toisten ratkaisuihin.

Kansleri: – Onko näin, pääministeri Vispilä? Teillähän on kokonaisvastuu hallituksen toiminnasta.

– Vastuu on, ja sen takia otinkin moneen otteeseen *yhteyttä* yliopiston edustajiin, mutta he pysyivät järkähtämättä kannassaan.

– On tämä ihmeellistä piirileikkiä! puuskahti Jeremias.

Kyllä pääministerin ja raha(stus)ministerin olisi pitänyt panna yliopiston hallitus ja opastusministeri hyvissä ajoin *ruotuun*! Te päätätte yliopistoille myönnettävistä rahoista, ja sitä kieltä he kyllä ymmärtävät. Nyt yliopisto on saattanut koko Tuomenmaan hallituksen naurunalaiseksi, koska suuri yleisö ja erityisesti "Äly hoi älä jätä" -kansanliike ymmärtää haittojen olevan ylivoimaisesti suuremmat kuin hyödyt. Ja tehän, arvoisa pääministeri, lupasitte Uusilinnalle kunnon *kompensaatiot,* mikä sekin tietysti merkitsee valtiolle lisärahanmenoa. Yhteisillä rahoilla on helppo pelata, hurlumhei...

Vispilä: – Tätä asiaa hoitamaan nimitettiin *toimikunta,* jota johti liikutusministeri Julia Werner.

Werner, vähän kakistellen: – Työryhmässä esitettiin mitä villeimpiä ehdotuksia. Selkeintä olisi ollut lisätä Uusilinnan ammattikorkeakoulupaikkoja vastaavalla määrällä mitä yliopistopaikkoja menetetään, ja sitähän kaupunki esittikin. Tämän opetusministeri tyrmäsi suoralta kädeltä. Ehdotus tuntuikin olevan muille amk-paikkakunnille kuuma peruna: he pelkäsivät, että muualta olisi vähennetty lähes yhtä paljon aloituspaikkoja, ja se ei tuntunut millään sopivan toisille. *Solidaarisuutta* ei löytynyt. Muutamista kymmenistä uusien alojen koulutuspaikoista sentään sovittiin. Ehdolla oli myös monia teollisuuteen ja liike-elämään liittyviä virityksiä, mutta mitään kunnollista yhteisymmärrystä ei toimikunnassa saavutettu. Uutena ideana tuli juuri mieleeni, että ehkäpä kaupungin komean linnan muurien *juhlavalaistuksesta* voitaisiin tehdä jokavuotinen tapahtuma valtion rahoituksella. Sehän saisi turistit liikkeelle ja niin muodoin kaupungille myös tuloja.

Jeremias: – Räätäli yritti takkia, tulikin kukkaro …

Kansleri: – On tämä melkoinen vyyhti. Yksinkertaisin ratkaisu tässä olisi, että siirtopäätös peruttaisiin, niin kuin kansanliike ja myös opiskelijat ovat ehdottaneet. He ovat lehdistössäkin ilmaisseet kaikenpuolisen tyytyväisyytensä Uusilinnaan opiskelupaikkakuntana. Jos tätä pyörää ei saada pysähtymään, niin sitten joudutaan pohtimaan vastuu- ja *korvauskysymyksiä:* mikä on Kakolan hallituksen ja rehtorien vastuu, mikä taas maan hallituksen? Mitä sanoo tähän oikeusministeri Anders Hikkanen?

– Tulin ministerin tehtävääni vasta tämän jupakan jälkeen, joten henkilökohtaisesti en katso olevani siitä ministerivastuussa. Kaiken kaikkiaan juttu näyttää varsin mutkikkaalta. Jos siitä tulee oikeusprosessi, niin se vie runsaasti aikaa ja saattaa pahimmassa tapauksessa viedä yliopiston konkurssiin ja aiheuttaa vastuuhenkilöillekin huomattavat taloudelliset korvausvastuut.

Pääministeri Vispilä: – Kyllä tilanne näyttää siltä, että Kakolan yliopisto on nyt *ratkaisevassa* asemassa. Jos se peruu siirtopäätöksen, niin mahdollisilta oikeusjutuilta ja korvaussotkuilta vältytään. Ei olisi uskonut, että tästä niin mutkikas vyyhti tulee. Sitä ei varmaan opetusministeri eikä muukaan hallitus osannut ennakoida. "Äly hoi, älä jätä" -kansanliikkeellä on tietenkin oikeus vaatia selvyyttä asiaan. Ehdotan että yliopiston hallitus seuraavassa kokouksessaan päättää, haluaako se säilyä kannassaan. Jos haluaa, niin me täällä maan hallituksessa *tarkistamme* kantamme Kakolan yliopiston rahoitukseen.

Jeremias: – Maan hallituksella on nyt mahdollisuus kirkastaa kilpeään, joka on kyllä himmentynyt ja laskenut kannattajalukuja jo tämän OKL-jupakan ja sen kompensaatioseikkailujen takia ainakin siellä Kaakonlaidalla. Puhumattakaan sitten laajakantoisemmista *sote*-sotkuista ja *maakuntahallinto*himmeleistä, joita seuratessaan tavalliset kansalaiset – ja näköjään asiantuntijatkaan – eivät voi kuin pyöritellä päätään.

Oikeuskansleri: – Nyt tuntuu, että Tuomenmaan hallitus on saanut *uuden* otteen tähän OKL-asiaan. Kiitos rakentavasta keskustelusta! Lasagnekin ilmeisesti maistui, koska paistinvuoat ovat tyhjät. Hyvä ettei minun tarvitse enää lähteä loppuja kotiin kuljettelemaan ja niitä ensi viikolla mikrossa lämmittelemään. Kiitokset läsnäolijoille! Palaveri on päättynyt.

Kakolan hallituksessa kiehuu

Kakolan hallitus, tiedostettuaan taloudellisten *vastuiden* laskeutuvan sekä yliopiston että sen hallituksen jäsenten päälle, päätti järjestää asian selvittämiseksi suunnitteluseminaarin Levin hiihtokeskukseen ensilumien aikaan marraskuun lopulla. Hallituksen jäsen, entinen rovasti, tosin hiukan kyseenalaisti paikan valinnan epäillen sen tulevan kohtalaisen kalliiksi. Eikö Kakolan oma retkeilykeskus Mäkärälampi olisi ollut taloudellisempi vaihtoehto? Yliopiston hillintäpäällikkö, joka oli päävastuussa retken organisoimisesta, torjui moiset epäilyt.

– Mäkärälammen puitteet eivät ole sopivat tällaiselle seminaarille, ja määrärahat on hyvissä ajoin varattu asianomaiselle momentille.

– Ei kai ne ole Uusilinnan kehittämiseen tarkoitetulta momentilta? uteli rovasti.

Hillintäpäällikkö ei kuitenkaan näyttänyt kysymystä kuulevan, sillä hänellä oli kiire silittelemään karvapohjasuksiensa suortuvat oikeaan järjestykseen. Levillä oli näet tuttuun tapaan upeat *ensilumet*, jotka suorastaan kutsuivat ladulle. Mäkärälammella niitä olisi saanut odotella vielä ainakin kuukauden, jos sittenkään lumiliikunta olisi kunnolla onnistunut. Eikä puhettakaan, että siellä olisi hiihtolenkin jälkeen päässyt kellimään 33-asteiseen poreammeeseen.

Huonona puolena kylläkin Lapin neuvottelukokouksissa on matkoihin *tuhrautuva* aika. Ensimmäisenä päivänä ei juuri muuta ehdi kuin ehtoolla majoittua, nauttia illallisen ja lähteä karaoketanssien pyörteisiin. Urheilullinen hallitus oli sopinut, että aamiaisen jälkeen lähdetään terävöittämään aivoja ladulle, joten varsinainen seminaarityöskentely saattoi alkaa vasta iltapäivällä.

Rehtorit olivat tietysti myös mukana, kumpikin yli 1000 kilometrin hiihtäjiä lumikautta kohden. Jossain välissä he ehtivät käydä myös pelaamassa Espanjassa kolopalloa; kunnostaan huolta pitäviä miehiä / henkilöitä siis. Pahat kielet kertoivat, että kuntoilu oli niin vaativaa, että sitä joutui tekemään osittain myös *vapaa-*

ajalla. "Raskas työ vaatii raskaat huvitukset", yliopistomiehet kuiskailivat tanssipartnerinsa korvaan karaoken pyörteissä.

Mutta nyt oli edessä vakava paikka. Ei-akateeminen rehtori Tunkkanen avasi seminaarin seuraavana päivänä hiihtosaunan aiheuttamaa jälkihikeä otsaltaan pyyhkien:

– Tuomenmaan hallitus ja oikeuskansleri ovat koonneet *tulisia* hiiliä päämme päälle. He antavat ymmärtää, että jollemme peru Uusilinnan OKL:n siirtopäätöstä, niin saatamme joutua maksajan paikalle korvaamaan siirron yhteiskunnalle aiheuttamat kulut.

Hillintäpäällikkö: – Vispilän hallituksella taitaa itselläänkin olla värinää pöksyissä, vaikka onhan siellä rahamiehiä ja -naisia, jotka pystyvät isojakin korvauksia maksamaan.

– Voi olla, mutta miten on meidän laitamme? Ei näillä professorien palkoilla muutenkaan juhlita, jahkaili akateeminen rehtori Pöheikkö.

– Paraskin puhumaan! parahti hallituksen maisterisjäsen. On tässä tultava toimeen pienemmilläkin tuloilla. Mutta kaiken kaikkiaan olemme joutuneet hankalaan tilanteeseen. Kakolan yliopisto on saanut valtavasti huonoa PR:ää, mikä vähentää hakijoiden mielenkiintoa oppilaitostamme kohtaan, eivätkä Uusilinnan opiskelijatkaan ole halukkaita muuttamaan Joenmutkaan. He näkevät opiskeluolosuhteidensa heikkenevän radikaalisti.

– Ja pitikö hallituksemme puheenjohtajahenkilön mennä retostamaan yleisradiossa, että siirtoa ei peruta mistään rahasta! Siitähän saa sen käsityksen, että me kylvemme rahoissa, valitteli opiskelijajäsen.

Rovasti puolusteli punastelevaa pj-henkilöä:

– Sitä mieltähän me silloin oltiin. On ne suorat lähetykset aika hämmentäviä, mutta kieltämättä olisi asian voinut *pehmeämminkin* muotoilla.

Puheenjohtaja: – Itsehän te minut tähän tehtävään valitsitte! Ei siihen aikanaan näyttänyt tunkua olevan. Nyt sitten kyllä ollaan kärkkäästi arvostelemassa.

Rehtori Tunkkanen: – No no, pysytäänpä nyt rauhallisina... Ei ole hyvä, jos rivimme alkavat rakoilla. Sitähän media ja toimintaamme seuraavat irvileuat juuri toivovat.

– Aivan niin, myötäili rehtori Pöheikkö kollegansa sanoja. – Yksi kaikkien ja kaikki yhden puolesta, kuten muskettisotureilla oli tapana sanoa. Nyt on säilytettävä pää kylmänä ja mietittävä, mitä *vaihtoehtoja* meillä on tässä tilanteessa, jos niitä sitten on ollenkaan.

– Minä en ainakaan lähde hallitukseen seuraavalla kaudella! puuskahti rouva puheenjohtaja! – Ehkä asia pääsee paremmin unohtumaan, kun kasvot vaihtuvat.

– Sama täällä! hihkaisivat muut hallituksen jäsenet unisonona, kuin yhdestä suusta.

– Ei kai tässä muu auta kuin tehdä, niin kuin pääministeri ja oikeuskansleri sanoivat, vaikeroi opiskelijajäsen, joka oli juuri saanut valmiiksi proseminaarityönsä kansainvälisestä oikeudesta. – Hehän antoivat selvästi ymmärtää, että joudumme *maksu-henkilöiksi*, ellemme peru siirtopäätöstä. Se päästää myös Tuomenmaan hallituksen pinteestä, jos ja kun he pystyvät osoittamaan, että *syypäitä* yhteisten varojen hukkaamiseen olemme me, Kakolan yliopisto ja sen hallitus.

Nyt puuttui puheeseen hallituksen jäsen, joka toimi kansainvälisen pankkikonsernin sijoitusjohtajana:

– Sinulla opiskelijana on tässä kaikkein vähiten pelättävää. Eiväthän opiskelijan tulot ja omaisuus yleensä ole sellaisia, että niistä mitään vahingonkorvauksia voisi periä. Meillä muilla on vähän toisenlainen tilanne. *Pahimman* varalta kannattaa ruveta miettimään varojen ja omaisuuden siirtoa puolison ja lasten nimiin. Kenellä on yritystoimintaa, hän ehkä pystyy siirtämään varat yhtiön nimiin. Veroparatiiseihin ei kuitenkaan kannata sotkeutua.

Rehtori Tunkkanen: – Nämä neuvot saattavat olla tärkeitä meille henkilökohtaisesti. Ne eivät kuitenkaan pelasta *yliopistoa,* jos sen määrärahat ovat uhattuina.

– Eiväthän Tuomenmaan hallituksetkaan ole ikuisia, totesi puolestaan hallituksen nimismiesjäsen, tätä nykyä jo evp. – Nyky-hallituksella on eduskunnassa varsin ohut enemmistö. Ei tarvita kuin muutama loikkaus Retliinipuolueesta joko emopuolueeseen tai muuanne, niin hallitus voi kaatua. Hallituksia on maailmalla keikahtanut myös ministeriskandaalien johdosta. Niitäkään ei voi poissulkea nykyisenä mee too-aikakautena. Jos hallitus *vaihtuu,* edessä on uusi tilanne, joka on arvioitava sitten erikseen.

– Aivan niin! innostui hillintäjohtaja. – Sentraalipuolueen kannatus on kovassa laskussa, kun taas nimensäkin uudistaneen Ruiskukkapuolueen vire on hyvä. Tehdään nykyisestä opetusministeristä uuden hallituksen pääministeri! Hänellä on varmasti intressiä pitää meidän puoliamme, kun ajatellaan OKL:n siirron aiheuttamaa polemiikkia. Ehdotankin että tämä seminaari ei tee vielä mitään sitovia päätöksiä, vaan jäädään seuraamaan tilannetta hallitusrintamalla. Wait and see, eli: Lassen wir uns überraschen (= *yllätykset* ovat aina mahdollisia), sanoo saksalainen.

Hillintäjohtaja oli ilmiselvästi lukenut pitkän saksan ja tutkinut Jakobsson-Öhmanninsa tarkkaan ja halusi vähän briljeerata.

Rehtori Tunkkanen: – Ilmeistä päätellen tämä ehdotus saa yksimielisen kannatuksen. Kun nyt käsittelimme asiat näin *tehokkaasti* jo ensimmäisessä istunnossa, niin meille jäi mukavasti aikaa käyttää nämä pari jäljelle jäävää päivää kuntoiluun ja rentoutumiseen. Mutta muistakaa käyttää yliopiston *luottokortteja* varoen! Niillä voidaan nimittäin aiheuttaa tarpeetonta kohua, mikä olisi meidän tilanteessamme erittäin epätoivottavaa.

Aktiivimalli

Kun asiat tuntuivat oikeuskanslerin hiillostuksen jälkeen alkavan sujua oikeaan suuntaan, päätti ystäväni Jeremias Änkeröinen ryhtyä toteuttamaan omalta osaltaan hallituksen markkinoimaa *aktiivimallia*. Niinpä hän marssi työttömyysministeri Ari Lehmusvirran puheille, koska uskoi hänen olevan parhaiten perillä uuden mallin salaisuuksista. Hän pääsi kuin pääsikin livahtamaan avustajien ja sihteerien ohi ja koputti ministerin työhuoneen oveen.

– Sisään, kajautti jämerä miesääni.

Jeremias hipsutteli varpaillaan kaikkein pyhimpään, ministerin aivoriihikammioon. Työpöytä oli kukkurallaan muistioita, joita ministeri paraikaa oli selailemassa.

–Jaaha, mitäs olisi asiaa, hän kysäisi ilmiselvistä kiireistään huolimatta ystävälliseen sävyyn.

– No, minä tulin kyselemään töitä, osoittamaan aktiivisuutta.

– Mutta eihän tämä ole työnvälitystoimisto! Eikä minulla ole aikaa sellaiseen.

– Ei ole *aikaa*! Niin ne minulle TE-keskuksessakin sanoivat. Olisi pitänyt varata aika etukäteen älypuhelimella, enkä minä käytä sellaista. Taitaakin sivumennen sanoen olla *älytön* puhelin. Etenkin vanhempi väki tuntuu tuskailevan sen kanssa. Kilpailevat operaattorit soittelevat vähän väliä kehuen tarjouksiaan. Jos sitten vaihtaa operaattoria, joutuu kaiken maailman sotkuihin. Puhumattakaan erilaisista sovelluksista, joiden käyttö on meikäläisille aivan liian mutkikasta, ja hakkerit kuulemma kyttäävät jatkuvasti yrittäen tyhjentää ihmisten pankkitilit.

– Onhan se nykytekniikka vähän semmoista. Mutta miten te nyt minun luokseni putkahditte töitä kyselemään?

– Teitähän pidetään sen surullisen kuuluisan aktiivimallin isänä. Siinä on monenlaisia *puutteita*, yksi on juuri ajan puute. TE-keskuksissa on liian vähän väkeä ihmisiä neuvomaan. Ei se ole heidän vikansa, että asiakkaita on liikaa yhtä neuvojaa kohden. Ja itsekin juuri sanoitte, ettei teillä ole aikaa kuunnella minua, vaikka minä osoitan aktiivisuutta.

– Eihän sellainen *ruohonjuuritason* toiminta ole ministerin hommaa. Minun täytyy ideoida ja hoitaa suuria linjoja. Mutta kun kerran olette päässyt tänne livahtamaan, niin kertokaapa, mistä oikein on kyse.

– Varmaan tiedätte, että mediassa puhutaan jatkuvasti *kohtaanto*-ongelmasta: toisaalta maassa on suuri joukko ihmisiä vailla työtä ja toisaalta taas monien yritysten on vaikea löytää pätevää työvoimaa. Ei löydy metallimiehiä/-naisia, autojen valmistajia ynnä muita. Pääkaupunkiseudulla puute tekijöistä johtuu minun analyysini mukaan ainakin osittain kovista *elinkustannuksista*. Miten vaikkapa lähihoitajan palkalla pystyy vuokraamaan itselleen asunnon vallitsevilla kiskurihinnoilla? Asuntopulaankaan ei teidän hallituksenne ole löytänyt ratkaisua. Ja kuitenkin toitotatte, että ihmisten pitää muuttaa työn perässä. Pitäisikö työttömän rautakouran hylätä omakotitalonsa ja lähteä asumaan parakkiin tai telttaan jonnekin pääkaupungin lähiöön?

– Kyllähän haasteita riittää, mutta mikä on sitten teidän henkilökohtainen ratkaisunne tähän kohtaanto-ongelmaan?

– Minä olen huomannut, että esimerkiksi ministerikandidaateille ei tehdä mitään *soveltuvuustestejä*. Näin ollen teidän hallituksessanne on osaamisvajetta. Opastusministeri on tehnyt niin hulluja päätöksiä, että niistä kärsii koko maa. Pääministeri ja raha(stus) ministerikin vain seuraavat sivusta, miten verovaroja tuhlaillaan.

– Ja tekö olisitte sitten pätevä opetusministeriksi, niin kuin hänen virallinen tittelinsä kuuluu?

– Ainakin jos verrataan nykyiseen toimenhaltijaan. Ei se riitä, että tukka on nätisti ja meikki kunnossa. Mielestäni eivät valtiotieteen opinnot ja toimittajantyö ole suinkaan paras pohja opetusalan päällepäsmäriksi. On se kummaa, että kun on päässyt kansanedustajaksi, niin sitten on muka pätevä hoitamaan minkä tahansa alan ministeriötä. Ilmeisesti luotetaan *virkamiesten* hoitavan käytännön hommat, ja ministerin tehtäväksi jää pelkkä edustaminen ja paperien ulkoluku monotonisella äänellä. Härkäpäinen keskittäminen ja alituinen uudistaminen niin peruskoulussa kuin ammattiopetuksessa, samalla kun määrärahoja leikataan, tuntuu käsittämättömältä. Niin, jos minut valitaan tehtävään, niin lupaan pikapuoliin *säästää* yhteiskunnan varoja satakunta miljoonaa euroa.

– Ohhoh! Mitenkäs se tapahtuu?

– *Peruuttaisin* ensi töikseni Uusilinnan OKL:n siirron Joenmutkaan. Sehän aiheuttaa heijastusvaikutuksineen reilun sadan miljoonan loven meidän veronmaksajien kukkaroon. Onko laitaa, että toiselta paikkakunnalta joudutaan purkamaan hyviä asuntoja kun sillä aikaa toisen paikkakunnan grynderit hierovat käsiään ja heittelevät ylävitosia rakennusbuumin hurmiossa? Jos Kakolan yliopisto ei suostuisi peruutukseen, vetäisin heidät oikeuteen syytettyinä yhteiskunnan varojen tuhlaamisesta. Yliopiston päättäjät joutuisivat henkilökohtaisesti korvaamaan aiheuttamansa tappiot. Omaisuus heti hukkaamiskieltoon. Jos sieltä ei löytyisi tarpeeksi hynää, niin loput otettaisiin kaventamalla yliopiston budjettia.

– Rajut olisivat otteet uudella ministerillä! Ei se OKL:n siirto kyllä järkevältä tunnu, mutta kun en ollut sektoriministeri, niin en pystynyt asiaan vaikuttamaan.

– Seurasiko raha(stus)ministeri Vesseli Orpanakin asioiden etenemistä vain kädet taskussa, vaikka hän muuten joka käänteessä antaa ymmärtää valvovansa tarkasti valtion rahojen käyttöä? Entä pääministeri Johan Vispilä? Hänhän on viime kädessä *vastuussa* koko hallituksen toimista?

– Taitaa olla aika korkea kynnys puuttua kollegoiden toimintaan.

– Niin, ellei sitten yleisessä mielipiteessä synny sellainen myrsky, ettei sitä mitenkään voida sivuuttaa. Näin kävi liikutusministeri Julia Wernerin esittämän autoverolain, joka oli pysäyttää autokaupan lähes kokonaan. Hänen kunniakseen on mainittava, että hän perui esityksensä, kun havaitsi sen tuomat valtavat ongelmat. Onhan tämä *hulivillihallitus* joutunut perumaan ja entrailemaan päätöksiään tuon tuostakin, viimeistään perustuslakivaliokunnan "tuomion" jälkeen. Uudistusintoa on ollut, kokemusta ja *näkemystä* ei kovinkaan paljon, ei varsinkaan koulutus- ja yliopistoasioissa.

Professorit ja muu yliopistoväki on ollut kovasti kuohuksissaan.

– Mitenkäs te itse olette hankkinut sen olettamanne ministeripätevyyden? kysyi työttömyysministeri ihailtavaa rauhallisuutta osoittaen, vaikka vilkuilikin syjäsilmällä asiakirjapinoaan.

– On minulla sentään alan koulutusta ja monikymmenvuotinen kokemus opetustöistä. Ministeriksi tuntuu pääsevän / joutuvan, vaikka ei olisi toiminta-alueeseensa etukäteen perehtynytkään. Toivottavasti ette pahastu, jos otan esimerkin teistä itsestänne.

– En suinkaan. Periaatteeni on, että kaikenlainen palaute, niin hyvä kuin huonokin, on erittäin tervetullutta itsensä kehittämisen kannalta. Mikä ei tapa, se vahvistaa.

– Olen täsmälleen samaa mieltä, totesi Änkeröinen sydämellisesti hymyillen. – Niin, teistähän tehtiin työttömyys- ja lakiministeri mielestäni vajavaisin perustein. Olitte kyllä ollut *työttömänä* jossain elämänne vaiheessa, joten pystyitte varmasti hyvin eläytymään työnne siihen puoleen. Kuitenkaan teillä ei ollut *juristin* koulutusta. Oli se aika erikoinen temppu hallituksen muodostajalta yhdistää työttömyys- ja lakiasiat saman ministerin hoidettavaksi. Tehän jouduittekin sitten ilmeisesti ylirasituksen vuoksi sairauslomalle ja kerroitte rehdisti asioistanne myös yleisölle. Sellaista toimintaa minä kunnioitan. Teillä ei ole tapana sortua puheissanne poliittiseen venkoiluun, vaan sanotte niin kuin asiat ovat. Huonona puolena tietenkin silloin on, että voi joutua helpommin arvostelijoiden hampaisiin, kun puhuu selvää tekstiä eikä niin kuin Delfoin *oraakkeli*, joka on ilmeisesti monien poliitikkojen esikuva: lausunnot voi tulkita vähintään kahdella eri tavalla.

– Kiitos näistä *ystävällisistä* sanoista, jollaisia poliitikkona harvemmin kuulee. Olihan se aivan järkevä ratkaisu, että lakiasioita hoitamaan otettiin toinen ministeri. Kyllä työllisyyden hoitamisessa on yhdelle ministerille puuhaa yllin kyllin.

– Ehkä lakipuolella, omaksi reviirikseen erotettuna, paine ei ole yhtä kova. Pienenä *kevennyksenä* voin kertoa eräästä radion aamuohjelmasta. Siinä pitkän uran tehnyt valtion korkea virkamies evp. kertoi ihmettelevänsä, miten lakiministeri saa aikansa kulumaan, sen verran vähän niitä tehtäviä hänen mielestään sillä sektorilla on. Tämä saattaakin olla selityksenä sille, että lakiasiat aluksi ympättiin sivujuonteena teidän kontollenne muiden tehtävien yhteyteen. Siinä kiireessä vain unohtui, että hallituksen pykäläasioiden vartijalla voisi hyvä olla myös alan koulutus. Eihän sairaalassakaan vahtimestarille määrätä lisäksi *kirurgin* hommia.

– Onpa teillä, herra Änkeröinen, melkoiset vertaukset. Taidattekin olla *huumorimiehiä?* Mutta siinä olette oikeassa, että yhdistelmävirkani (vaikka eihän ministerin pesti varsinaisesti virka ole) oli liian raskas yhden henkilön hoidettavaksi. Se kävi ihan terveyden päälle.

– Kyllä leikkimielisyyttä tarvitaan hommassa kuin hommassa. Opetustyössäni meillä oli monesti hauskoja hetkiä, jopa kielioppitunnilla. Eihän se meikäläisenkään huumori kaikkiin purrut. Auskultointiaikanani (eli opetusharjoittelussa) sama vitsi oli ruotsin kielen ohjaajaopettajan mielestä "mycket bra" (oikein hyvä), kun taas saksan puolella ohjaava opettaja ei siitä innostunut. Arvata saattaa, että kyse oli eri sukupuolia edustavista henkilöistä. Toinen oli kolmesti eronnut mies, toinen taas naimaton daami, jolle avioliitto oli yhtä kuin *errare humanum est*.

– Ilman muuta poliitikkokin huumoria tarvitsee, mutta pitää vain olla tarkkana, missä sitä viljelee. Kuulijakunnassa on niin monenlaista vipeltäjää, että joku voi aina pahoittaa mielensä. Mutta mihin tarkemmin sanottuna perustuikaan se teidän uskonne *ministerinpätevyyteenne?*

– Ensinnäkin *elämänkokemus*: pitää katsella asioita laajemmin (vähän niin kuin Konsta Pylkkänen) ja katsoa, ettei jokin päätös aiheuta isoa vahinkoa jollakin muulla alueella. Nykyään ministeriksi nimitetään mielestäni liian kokemattomia ihmisiä, suorastaan *untuvikkoja*. Ajatellaan että kun on nuori ja hyvännäköinen, niin kyllä ne asiat hoituvat virkamiesten taustatuen avulla.

–Toisena perusteena *koulutus* ja kielitaito: maisterin paperit kielissä, kirjallisuudessa ja kasvatustieteessä, opetusharjoittelu ja ulkomaisia opintoja.

– Kolmantena tulee *työelämäkokemus:* opetustyötä entisessä oppikoulussa, ehtolaiskurssien pitäjänä, assistenttina yliopistossa, lähes 40 vuotta yliopisto-opetusta, alan seminaareja Saksassa ja Suomessa, tietokonekursseja 70-luvulta alkaen, ja mitä niitä kaikkea olikaan. Kyllä nämä liittyvät mitä olennaisimmin opetusministerin tehtäviin. Siihen hommaan pitää olla *ruohonjuuritason* tuntuma, niin kuin teilläkin on työttömyysministerin tehtävässänne. Ei siinä riitä pelkkä *teoreettinen* tutustuminen koulutuksen teorioihin. Sen on nähnyt jo monista kasvatustieteen "guruista". Heidän pitämiensä luentojen perusteella tuntui siltä, että he saavat sokeatkin näkemään ja rammat juoksemaan, jos tällainen vertaus sallitaan. Kuitenkaan he eivät uskaltaudu luokkahuoneeseen yrittämään teorioidensa toteutusta käytännössä. Integroiduissa luokissa suomen kieltä taitamattomat maahanmuuttajalapset ja ylivilkkaat adhd-tapaukset olisivat panneet heidän teoriansa kovalle koetukselle. Ehkä tunnetuin tapaus epäonnistuneista kasvatusteoreetikoista on Jean-Jacques Rousseau, joka pani kaikki viisi lastaan orpokotiin, koska pelkäsi olevansa huono isä.

– Jos nyt kuitenkin puhutaan vielä siitä teidän pätevyydestänne. On siinä aikamoinen lista ansioluetteloon eli hienommin sanottuna CV:hen! Myös vieraat kielet ovat siis teillä hallussa?

– Onhan sitä tullut kieliä päntättyä: saksaa, ruotsia, englantia ja lyhempiä kursseja myös norjan, tanskan ja hollannin kielissä. Vapaamuotoisissa *illanvietoissa* ulkomailla tarvitaan usein ohjelmaa. Kerran sain eräillä germanistipäivillä suurmenestyksen esittämällä keskiyläsaksalaisen rakkausrunon alkukielellä ja Suhmuroivan Santran laulaen nykysaksaksi. Niin, ja latinaakin tuli lukiossa opiskeltua. Monet saksalaiset muuten tykkäävät viljellä puheissaan latinan lentäviä lauseita. *Mens sana in corpore sano*, ja niin edelleen. Mutta tämä itsensä kehuminen alkaa tuntua jo vähän kiusalliselta...

– Sellaista se nykyaika vaatii. Itseluottamusta ja maailmanvalloitusmeininkiä amerikkalaiseen tyyliin. Teissä on siis myös *seuramiehen* vikaa, huomaan.

– Uskoisin niin, ja eikös se niin sanottu *small talk* ole kansainvälisten verkostojen luomisessa lähes yhtä tärkeää kuin viralliset tarinatkin? Meikäläisiähän on usein moitittu liian jäyhiksi kansainvälisissä ympyröissä.

– Totta se on. Siitä on vähän omakohtaistakin kokemusta... Mutta ministerillä pitää olla mielellään myös kokemusta *yhteiskunnallisesta* toiminnasta.

– Sitäkin kyllä löytyy. Kun on ollut toistakymmentä vuotta *urheiluseuran* puheenjohtajana, jonka päälle viime kädessä kaatuvat sekä toiminnan suunnittelu että sen toteutus, niin erityisavustajien ja virkamiesten tukeman ministerin työ tuntuu ihan *herkkuhommalta.* Olen myös toiminut vuosikymmeniä luottamusmiehenä ja ammattiyhdistyksen puheenjohtajana, joten nekin kuviot ovat tuttuja. Avustajista puheen ollen, niin valitsisin heti kättelyssä lähimmäksi miehekseni Luukas Ollikaisen, jolla on vankka kokemus opetusalan kaikista portaista alkaen peruskoulusta aina tohtorintutkintoon saakka. Toivon mukaan hän voisi saada virkavapaata nykyisestä vaativasta työstään.

– Olen todella vaikuttunut esittämistänne perusteluista. Toimintanne on juuri kehittämämme aktiivisuusmallin hengen mukaista. Täytyy kuitenkin todeta, että minun vallassani ei ole hankkia teille opetusministerin paikkaa. Kaiken lisäksi se on jo täytetty.

– Varsin moni meistä kansalaisista on kuitenkin sitä mieltä, että homma ei toimi niin kuin pitäisi. Onhan niitä *ministerinvaihtoja* ennenkin tehty, jopa nykyisessäkin hallituksessa.

–Se on kyllä monen mutkan takana. Mutta kiitos kuitenkin käynnistänne ja avartavasta keskustelusta. Aktiivisuusmallimmeko teidät innosti tähän Odysseuksen retkeen? Tehän taidatte kuitenkin olla jo *eläkeikäinen*?

– Ei kai tässä *ikärasismia* harrasteta! Katsoin kansalaisvelvollisuudekseni ryhtyä kokeilemaan kehittämäänne mallia. Tämäkin käyntini osoittaa, ettei se työnsaanti mitenkään helppoa ole. Taitaa se malli vielä aikamoinen *raakile* olla, mutta siihen palaan tarkemmin ehkä myöhemmin. Kiitän teitä, arvoisa ministeri, siitä että kuuntelitte näkökantojani! Te puolestanne olette jaksanut ideoida monenlaisia uudistuksia, vaikka ne eivät aina olekaan nostattaneet alan järjestöissä ihastuksen kohinaa.

Sote ja maakuntamalli

Saatuaan esitettyä asiansa työttömyysministerille Jeremias Änkeröinen päätti kokeilla onneaan *surullisen* kuuluisaa sotea hoitelevan Anniina Karikon luona. Hän *hiipi* hiljaa käytävillä eteenpäin varoen kaikkia vähänkin vahtimestarilta vaikuttavia henkilöitä, jotka voisivat antaa hänelle lähtöpassit muka asiattoman oleskelun takia.

Onneksi ministerin ovi oli raollaan; varovainen koputus ja lempeä kutsu: – Sisään! Rouva ministerin ilme oli vähän yllättynyt, kun hän käänsi vaaleatukkaisen pörrönsä tulijaa kohti. Niinpä Jeremias ehätti nopeasti selittämään tilannetta:

– Olen kansalainen Jeremias Änkeröinen, ja olen huolestunut suunnitellun soten vaikutuksista yhteiskuntaamme. Olen ymmärtänyt, että te ja puolueenne kannatatte kansalaisten aktiivisuutta ja aloitteellisuutta. Äsken kävin työttömyysministerin pakeilla työtä hakemassa, ja hän suhtautui asiaani ymmärtäväisesti, vaikka ei mitään luvannutkaan. Ajattelin samalla reissulla ja matkakustannuksia säästääkseni tulla esittämään meidän monien äänestäjien *sote-huolia* suoraan vastuuministerille.

– Onhan tämä vähän yllättävää, mutta totta kai tällainen *oma-aloitteisuus* on kunnioitettava asia. Onneksi minulla on tässä pieni väli ennen seuraavaa suunnittelupalaveria ministeriön virkamiesten kanssa.

– No sittenhän ajoitus sattui ihan *nappiin*, ihasteli Jeremias. – Te voitte viedä siihen tilaisuuteen suoraa kansalaispalautetta.

– Millaisia ajatuksia sote teissä on herättänyt? kysäisi ministeri.

– Tulen suoraan Uusilinnasta, jota teidän hallituksenne on *rokottanut* pahemman kerran. (Täytynee taas kerrata nämä asiat, tuumi Jeremias itsekseen.) Sieltä on viety yliopiston filiaali (kääntäjänkoulutus ja opettajankoulutus), mikä merkitsee noin 1500 ihmisen poistumaa paikkakunnalta ja 100 – 150 miljoonan euron suoneniskua kaupungille ja sen ympäristön talouselämälle. Nyt sitten tämä teidän sotenne on ajamassa alas Uusilinnan modernia ja hyvin toimivaa keskussairaalaa. Sinne remontoitiin hyvät tilat synnytys- ja lastenosastolle kuten myös teho-osastolle. Nyt ne kaikki on viety sieltä pois! Synnytyksiä pitäisi muka tulla sairaalaa kohti 1000 kappaletta, ennen kuin osasto saisi toimiluvan. Mutta eihän neljänkymmenen tuhannen asukkaan kaupungista löydy niin paljon nuoria naisia, jotka tuon määrän lapsia pystyisivät ponnistamaan. Tehän olette itsekin nuori äiti, joten ymmärrätte varmaan tilanteen.

– Tämä synnytysasetus on kylläkin laadittu ennen minun ministeriaikaani, joten en ole siitä suoranaisesti vastuussa.

– Mutta oletteko todella sitä mieltä, että lapset voivat tulla maailmaan vain suurissa sairaaloissa. Minä itse olen nähnyt päivänvalon *savusaunan* leppeässä lämmössä sen hämärillä lauteilla. Ei siellä häärinyt ympärillä mitään lääkäritiimiä. Tuttu (äidille, ei minulle...) kätilö riitti avustajaksi.

– Onhan ne ajat niistä paljon muuttuneet. Nykyään tarvitaan sairaalassa jatkuva päivystys, jos synnytyksessä tuleekin yllättäviä ongelmia, puolusteli ministeri.

– Oli silloinkin jatkuva päivystys: sama kätilö sai hoitaa sinä yönä kolme synnytystä ympäri pitäjää. Kyllä siinä päivystämistä riitti ja fillari sai kyytiä. Vakavasti puhuen: Uusilinnassa oli toiminut jo vuosia tehokkaasti lääkärien *kotipäivystys,* jolloin tiimi saatiin hätätapauksissa kokoon alle puolessa tunnissa. Homma toimi, mutta teidän byrokraattiset asetuksenne eivät tätä hyväksyneet. Pitää lähteä synnyttämään vähintään sadan kilometrin päähän, mikä vie aikaakin enemmän kuin entinen toimiva systeemimme. Siellä ne tulevat äidit pinnistelevät ambulanssissa jalat ristissä.

Olisitteko itse ollut valmis sellaiseen matkaan tutun lähisairaalan synnytysklinikan sijaan?

– Rehellisesti sanottuna kyllä se matkustusvaihtoehto tuntuu hankalammalta vaihtoehdolta.

– Mistä kummasta te poliitikot olette keksineet niitä *toimenpiderajoja*? Synnytyksiä vähintään 1000 kappaletta, nivelkirurgiaa 600 kappaletta ja mitä lie vielä muuta. Kaupunkien pitää ilmeisesti jättää katunsa ja erityisesti terveyskeskusten pihat talvella hiekoittamatta, jotta saadaan tarpeeksi murtuneita lonkkia leikattaviksi. Synnytysten lisääminen vaatiikin sitten jo pidempiaikaista suunnittelua ja vähän pehmeämpää tekniikkaa. Onneksi presidenttimme on tässä asiassa näyttänyt hyvää esimerkkiä. Nuo rajat ovat muuten asiantuntijoiden mielestä aivan *hatusta* vedetyt.

Anniina Karikko meni vähän vaikean näköiseksi: – Kuten totesin aikaisemmin, niin ne on päätetty ennen minun toimiaikaani. Mihin ne tarkkaan ottaen perustuvat, ei ole tiedossani. Perusajatuksena on varmaan ollut toiminnan *tehostaminen* ja potilasturvallisuuden lisääminen.

– Tehostaminen tarkoittaa tämän hallituksen mielestä *keskittämistä*! jyrähti Änkeröinen kiihtyneenä. – Eivät suuret yksiköt välttämättä ole tehokkaampia ja laadukkaampia kuin pienet, joissa potilaan tarvitsemat tutkimukset saadaan hoidettua samana tai seuraavana päivänä. Monissa isoissa sairaaloissa tahti on ihan toista. Siellä vilinässä pieni ihminen helposti unohtuu, hoito tapahtuu kuin liukuhihnalta. Siellä työskennellään kapasiteetin ylärajoilla, ovat asiantuntijat varoittaneet. Lienevätkö siinä taka-ajatuksena oletetut *säästöt*, joihin palaan vähän myöhemmin? Mutta eikö se teidän edustamanne Sentraalipuolueen ideologia vaadi juuri päinvastaista eli toiminnan *hajauttamista* ympäri maan. Kuitenkin tämän hallituksen ohjelmassa puhutaan toiminnan keskittämisestä ainakin sairaaloiden ja yliopistojen osalta. Kyllä taitaa Santeri Alkio pyöriä haudassaan!

– Valitettavasti monipuoluehallituksessa joutuu tekemään

kompromisseja. Hajauttamisen vaikeudesta on hyvänä esimerkkinä Lääkealan turvallisuus- ja kehittämiskeskus. Sehän päätettiin siirtää Kalavedelle. Siirtoa on jahkailtu monta vuotta, erityisesti henkilöstön vastustuksen vuoksi. Suuri osa ei halunnut siirtyä pääkaupungista minnekään. Niinpä jouduttiin tekemään nahkapäätös: pääpaikka on Kalavedellä, mutta osa toiminnoista ja henkilöstöstä säilyy pääkaupungissa. He nimittäin haluavat käydä Linnanmäellä ja Oopperatalossa entiseen tapaan. Kalavedeltä sinne olisi kuulemma liian pitkä matka.

– Olettehan te sentään pääministeripuolue. Nyt näyttää siltä, että Ruiskukkapuolue on *jyrännyt* läpi tavoitteensa yksityistämisestä ja keskittämisestä ja Sentraalipuolue vain vikisee ja jää apupojan/- tytön rooliin. Ja tämä näkyy kannatusluvuissa teidän kannaltanne katastrofaalisesti. Luvalla tai luvatta sanoen: tämä teidän hallituksenne toiminta on vähän niin kuin Kiljusen herrasväen meininkiä – touhutaan kovasti, huuto ja mekastus on kova, mutta tuloksia on vähän, ja jos on, niin niistäkin osa joudutaan perumaan. Johtuneeko ainakin osittain siitä, että teillä on niin nuoria ja kokemattomia ministereitä ja pääministerikin on poliitikkona aivan *untuvikko?*

– Onkohan se politiikassa menestyminen ihan iästäkään kiinni?

– Taitaa se ainakin osittain olla. Kun tiukka paikka tulee, niin radio- ja TV-väittelyihin temmataan usein Benito Shostakovitsh tai Maurice (Mooris) Pikkarainen. Ei teillä kolmikymppisillä ministereillä ole riittävästi elämänkokemusta, joka antaisi perspektiiviä ja taustaa tärkeille ratkaisuille. Te olette peruskoulun – kylläkin uljaimpia – tuotteita ettekä esimerkiksi tunne *omakohtaisesti* sitä edeltäneen koulujärjestelmämme hyviä puolia. Näyttää siltä, että haluatte romuttaa meidän aikaisemmat koulu- ja terveydenhoitojärjestelmämme, jotka alan asiantuntijoiden mukaan kuuluvat maailman tehokkaimpiin sekä laadultaan että kustannuksiltaan. Niistä pitäisi ottaa uudistuksissa mukaan hyvät puolet eikä mullistaa kaikkea.

– On myös merkillepantavaa, että ministerinsalkut ovat vaihtaneet omistajaa tiuhaan tahtiin, totesi Änkeröinen ja jatkoi: – Saa sellaisen vaikutelman, että kuka tahansa on minkä tahansa alan *asiantuntija.* Esimerkiksi ympäristöministeristä tulee kulttuuriministeri ja näin hän sitten on "pätevöitynyt" opetusministeriksi. Luulisi että tuloksellinen toiminta vaatisi pitkäjänteisyyttä ja alalle omistautumista, kykyä visioida myös pitkälle tulevaisuuteen. Vaikuttaa kuitenkin siltä, että tärkeintä on olla ministeri, luoda *henkilökohtaista* uraa ja saada komea ansioluettelo. Jos ei menesty seuraavissa vaaleissa, niin ainahan ex-ministerillä on käyttöä – esimerkiksi lobbarina yksityisten terveydenhoitojättien palveluksessa. Valitettavasti maaherrojen paikkoja ei enää ole olemassa, mutta voihan maakuntauudistuksen byrokratiasta löytyä uusia mahdollisuuksia. Perinteisiä turvasatamia ovat tunnetusti Veikkaus ja Kela.

– Tuollaisia asioita minä en jää pohtimaan, kuittasi Anniina-ministeri. – Minä teen työtäni niin hyvin kuin pystyn, ja sitä kyllä näissä uudistuksissa riittää.

– Varmasti riittää! Olenkin seurannut kiinnostuneena teidän pontevia puolustuspuheenvuorojanne eduskunnan kyselytunnilla. Mutta hallituspuolueidenkin rivit tuntuvat horjuvan. Siellä on myös omilla aivoillaan ajattelevia, jotka eivät usko *mantroihin* kustannussäästöistä ja saumattomista palveluketjuista. Päin vastoin: Tehdyn kyselyn mukaan valtaosa *sotejohtajista* ei usko valinnanvapauden lisäämisen kaventavan hyvinvointi- ja terveyseroja. He arvioivat myös, että kustannusten hillitseminen ei onnistu ja että sote-palvelujen integraatio eli yhdentäminen *heikkenee.* Lähipalvelujen turvaamiseen he eivät myöskään luota. Kysymysmerkkejä on vaikka miten paljon ja aikataulu on liian kireä.

– Onhan niitä epäilijöitä, mutta me otamme kyllä asiantuntijoiden kritiikin vakavasti ja teemme *korjauksia* hallituksen esityksiin tarvittaessa. Niitä on jo tehtykin; esimerkiksi pakkoyhtiöittäminen on jäänyt pois suunnitelmista.

– Silti eräs sote-virkamiesryhmään kuuluva perusturvajohtaja on kertonut, ettei hän tiedä, miten *sosiaalipalvelut* tullaan järjestämään, vaikka se on uudistuksen keskeinen kohde. Jos hän, alan asiantuntija, ei tiedä, niin kuka sitten? Sote-asiat näyttävät muuttuneen pitkälti *uskonasiaksi*. Onko teistä, arvon ministeri – tahtoen tai tahtomatta – tullut tämän uskonlahkon ylipapitar?

– En minä sentään itseäni miksikään Vestan neitsyeksi tunne. Mutta haasteita kieltämättä on ja työsarkaa kyllä riittää.

– Lisäongelmia antaa myös *vanhusten* hoito. Vanhainkoteja on lakkautettu ja asukkaita (etten sanoisi: asukkeja) siirretty "kotihoitoon". Siitä on liikkeellä kauhutarinoita, että vaikka hoitajat yrittävät parhaansa, niin heillä on asiakasta kohti usein aikaa vain kymmenen minuuttia. Miten siinä ajassa vaihtaa vaipat, suorittaa välttämättömät pesut, keittää aamupuuron ja syöttää sen liikuntakyvyttömälle vanhukselle? Sääliksi käy molempia osapuolia! Kaiken kukkuraksi on tutkimuksissa todettu, että varsinaiseen hoitotyöhön ajasta jää vain vajaat *puolet;* suurin osa menee "kortteliralliin" ja erilaisiin kirjaamisiin. Vastaavanlainen "avohoitoon" siirtäminen on tapahtunut myös mielenterveyspotilaiden kohdalla. Uudistuksen seurauksena asiakkaat jäivät käytännössä oman onnensa nojaan kävelemään lääketokkurassa katuja pitkin.

– Yksi suurimpia ongelmia nykyisillä vuodeosastoillamme on *saattohoito* tai pikemminkin sen puute, jatkoi Änkeröinen. – Hyvä saattohoito edellyttää hoitajan *kiireetöntä* läsnäoloa kuolevan potilaan luona, varsinkin silloin kun omaisia ei ole paikalla. On turha kuvitella, että henkilökunnalla olisi ylimääräistä aikaa saattohoitoon, ellei lisätyövoimaa voida palkata, tarvittaessa nopeallakin aikataululla. Toinen ongelma on *yksityisen tilan* puute vuodeosastoilla. Omaisilla tulee olla mahdollisuus hyvästellä vainaja arvokkaassa tilassa. Nykyisin he saattavat joutua jättämään jäähyväiset rakkaalleen osaston suihkutilassa tai liinavaatekomerossa. Vuodeosastojen henkilökunta tarvitsee myös lisäkoulutusta, jotta he pystyvät tunnistamaan lähestyvän kuoleman ja ryhtymään sen vaatimiin lisätoimenpiteisiin.

– Nämä ovat kieltämättä haasteellisia asioita, mutta laitosten purkaminen on alkanut jo aikapäiviä ennen meidän hallitustamme, totesi ministeri Karikko. – Tähän hoitoasiaan pitää pyrkiä saamaan selvää *parannusta* viimeistään seuraavalla hallituskaudella. Saattohoidon osalta voin todeta, että Sosiaali- ja terveysministeriön työryhmä on julkaissut suosituksen juuri näiden mainitsemienne asioiden korjaamiseksi. Yleensäkin vanhusten asioissa tarvitaan varmasti lisää hoitavia käsiä.

– Niin tarvitaan, mutta melkoinen osa nykyisistäkin hoitajista haluaa *vaihtaa* alaa, niin stressaavaksi ja turhauttavaksi he työnsä kokevat. Tämä koskee nimenomaan suoritusporrasta, jonka palkkaus on alhainen ja työmäärä ylikuormittava. Tiedän ainakin omasta kuntayhtymästäni, että johtoporrasta on ylenmäärin: on hallintojohtajaa, tulosaluejohtajaa, hallintoylihoitajaa, kehittämispäällikköä, viestintäpäällikköä, henkilöstöpäällikköä ynnä muita. Raportoitavaa ja byrokratiaa kyllä riittää. Töitä on usein myös *ulkoistettu* yksityisille firmoille kilpailutuksen perusteella. Halvin tarjous yleensä hyväksytään. On selvää, että se on usein tuhoisaa *laadun* kannalta: minimimäärä hoitajia pörrää autoilla ympäri aluetta tehden *suoritteitaan* heille sälytetyssä minimiajassa. Kaiken lisäksi hoitajat ja sijaiset vaihtuvat, niin että eräälläkin vanhuksella oli kolmen kuukauden aikana ollut 61 eri hoitajaa. Ilmeisesti toiminnan "tehokkuus" on johtotähtenä, ei asiakkaan hyvinvointi. Yksityisen firman pitää tuottaa voittoa ja pörssiyhtiöiden jakaa muhkeat osingot osakkeenomistajilleen.

– Voittoja lisätään myös ostamalla pois "kilpailijoita", pieniä kodikkaita hoitolaitoksia, joissa vanhukset saavat viettää kodinomaista elämää, murehti Änkeröinen. – Hoitajat rupattelevat heidän kanssaan, leivotaan yhdessä vaikkapa piirakoita ja kolottavat hartiat saavat tarvittaessa pientä hierontaa. Mutta uudessa, suuressa laitoksessa moiseen ei ole aikaa eikä varaa, kun työväki on karsittu minimiin. Mummuista on tullut investointikohteita ja pörssiyhtiöiden pelinappuloita sotemiljardien uusjaossa. Siinä ei paljon paina, että heitä ei ehditä ulkoiluttaa eikä järjestää jumppaa eikä mielen virkistystä. Ei ihme, että heidän kuntonsa ja muistitoimintonsa rapistuvat ihan silmissä.

– Valitettavasti monet kunnat ja kuntayhtymät ovat kiirehtineet *ulkoistamaan* toimintojaan ennen kuin suunnittelemamme ja koko ajan parempaan kehittyvä sote on saatu valmiiksi. Siinä he voivat joutua ojasta allikkoon, totesi ministeri.

– Siellä ilmeisesti pelätään oman paikkakunnan sairaalan alasajoa ja yleensäkin sitä, mihin teidän hallituksenne *valinnanvapausaate* johtaa. Sitähän ajetaan kuin käärmettä pyssyyn, vaikka kukaan ei tunnu tietävän, mihin se loppujen lopuksi johtaa. Eikä edes sitä, missä muodossa se lopulliseen lakiin tulee. Tämä lienee hallituskumppaninne Ruiskukkapuolueen *lempilapsi:* yksityisille firmoille pitää antaa mahdollisuus kuoria kermat päältä. Heidän kärkipoliitikkojaanhan on jo loikannut firmojen palvelukseen lobbaamaan vanhojen verkostojensa avulla asian puolesta. Tämä on kuitenkin niin laaja kokonaisuus, että siihen pitää palata tarkemmin.

– Ainakin *neuvolapalvelut* pitää jättää valinnanvapauden ulkopuolelle, jatkoi Änkeröinen. – Nehän ovat maassamme niin hyvin hoidetut, että ovat saavuttaneet maailmanlaajuisen maineen – eikä pelkästään äitiyspakkausten takia. Jos asiakasseteli otetaan käyttöön neuvolapalveluissa, siihen liittyy useita riskejä: väestön yhdenvertaisuuden säilyminen palveluiden saannissa ja laadussa vaarantuu, terveyden edistäminen voi jäädä kapea-alaisemmaksi; myös *kustannusten* kasvu on uhkana.

– Tästä olen tuoreena äitinä täysin samaa mieltä. Meidän neuvolatoimintamme on todellinen *aarre* ja sitä ihaillaan ympäri maailmaa.

– Sote-uudistuksen *päätavoitteina* olivat alun perin hoitoon pääsyn vauhdittaminen ja valtion menojen kasvun hillintä. Nämä ovat kuitenkin jääneet hallituksen pakkomielteiden jalkoihin: Sentraalipuolue on haaveillut jo 1800-luvulta asti maakuntahallinnosta ja Ruiskukkapuolue haluaa avata yksityiselle sote-bisnekselle miljardimarkkinat. Mukana on globaaleja yrityksiä, jotka pystyvät *kikkailun* avulla minimoimaan veronsa ja siten osaltaan rapauttamaan valtiomme veropohjaa. Siinä humussa syntyy myös entistä mutkikkaampaa byrokratiaa. Kustannussäästöihin ei monikaan enää usko.

Ministeri protestoi: – Nykytilanteessa oli pakko tehdä jotakin, koska monet pienet kunnat olivat *nääntymässä* terveydenhuoltokustannuksiin. Jos samalle vuodelle sattui useampi ohitusleikkaus ynnä polven ja lonkkanivelen uusinta, niin talousarvio saattoi heittää häränpyllyä. Kun kuntien vapaaehtoiset yhdistymisetkään eivät ottaneet vauhtia, niin näimme ainoaksi vaihtoehdoksi siirtymisen maakuntahallintoon, jolloin vastuu kustannuksista tulee isommille harteille.

– Mutta pitikö niiden maakuntien *määrän* olla niin tuhottoman suuri – 18 kappaletta! Monet sote-asiantuntijatkin hyväksyivät maakuntamallin, mutta heidän mielestään sopiva määrä olisi ollut viisi eli sama kuin yliopistosairaaloiden ympärille suunniteltujen erityisvastuualueiden määrä. Tiettävästi Ruiskukkapuolue olisi tyytynyt tähän, mutta teidän puolueenne *vänkäsi* luvun mahdollisimman suureksi. Näin ollen pienimmissä maakunnissa on huomattavasti vähemmän väkeä (ja kapeammat hartiat!) kuin esimerkiksi suurimmissa kaupungeissa. Ilmeisesti katsoitte puolueenne saavan enemmän valtaa, kun maakuntia on enemmän.

– Kyllä tämä isompi määrä on sopusoinnussa puolueemme ajaman hajautetun hallinnon periaatteen kanssa, huomautti ministeri.

– Ruiskukat suostuivat tähän ilmeisesti pitkin hampain, mutta vaativat *korvaukseksi* valinnanvapauden ja asiakassetelit, joiden avulla yksityiset yritykset pääsisivät julkisille palvelumarkkinoille.

– Oletteko te, kansan äänitorvi, herra Änkeröinen, sitä mieltä, että sote-uudistusta ei tarvita ollenkaan?

– En suinkaan, arvoisa ministeri, vaan olen asiantuntijoiden kanssa samaa mieltä: Uudistus tarvitaan mutta ei näin kovalla hopulla, hätiköiden, eikä kertarysäyksellä. Raaka poliittinen *valtapeli* uhkaa pilata tarpeellisen uudistuksen. Aikataulu on liian kireä; ilmeisesti lähestyvät vaalit ja hallituksenne kannatuksen hupeneminen keräävät tulisia hiiliä päällenne ja pakottavat teitä runnomaan uudistuksen läpi vielä omalla valtakaudellanne.

– Onhan tätä asiaa vatvottu vähintään kymmenen vuotta. Kun asia pitkistyy, niin se mutkistuu, kuuluu vanha sanonta.

– Niinpä niin! Ja se onkin mennyt niin mutkikkaaksi, että potilas – saatuaan sen kuuluisan valinnanvapauden – ei *osaakaan* valita palveluita. Himoittu asiakasseteli kourassaan hän saattaa hakea palvelut siltä, joka osaa houkutella parhaiten ja antaa ne helpoimmin, mikä ei välttämättä ole paras ratkaisu hänen kohdallaan. Tuo seteli synnyttää ison *byrokratian* ja todennäköisesti aiheuttaa paljon *lisäkustannuksia*. Erikoissairaanhoidon palvelut ja päiväkirurgiset kiireettömät leikkaukset pitäisikin jättää pois asiakassetelipalveluista. Muuten on vaarana, että huippukirurgit suorittavat yksinkertaisia leikkauksia niin että tyrät ryskyy, kun taas *vaativat* hoidot ja päivystykset, esimerkiksi syöpäleikkaukset jäävät hunningolle. Uhkana on myös, että syntyy kova kilpailu huippulääkäreistä ja muista osaajista.

– Hallituksen esitys on parhaillaan käsiteltävänä *valiokunnissa,* jotka kuulevat vielä suurta määrää asiantuntijoita. Viimeistelty lakiesitys valmistuu vasta sen jälkeen.

– Ottaako hallitus vakavasti opposition esittämän *kritiikin*? Tiivistettynä sen pääkohdat ovat: Hallituksen alkuperäiset hyvät *tavoitteet* (terveys- ja hyvinvointierojen kaventaminen, palvelujen yhdenvertaisen saatavuuden parantaminen ja kustannusten kasvun hillitseminen) eivät toteudu. *Jonot* eivät lyhene, ihmisten välinen *eriarvoisuus* ei vähene vaan pikemminkin lisääntyy. *Kustannukset* nousevat eikä integraatio toteudu. Markkinamalli ohjaa rahavirrat yksityisiin sote-keskuksiin ja kustannukset maakunnan liikelaitoksiin.

– Totta kai me suhtaudumme vakavasti kaikkeen hyvin perusteltuun kritiikkiin. Pitää kuitenkin muistaa, että suunniteltu sote ei ole kerralla valmis. Sitä voidaan *hioa* lisää, kun saadaan kokemuksia sen toiminnasta.

– Miksi te kuitenkin yritätte käynnistää tämän jättiuudistuksen *kertaryminällä*? Eikö hallitusohjelman mukaan tarkoitus ollut ensin uudistaa julkisten sotepalvelujen integraatio ja rakenteet? Valinnanvapauden laajentaminen piti tulla vuoroon vasta toisessa vaiheessa.

– Ei tässä enää *vitkuttelu* auta. Edellinenkin hallitus yritti uudistusta, mutta niin se vain jäi tekemättä.

– Kaiken tämän suuren sote-kohun jälkeen *lopputuloksena* ilmeisesti on, että yksityiset yritykset pääsevät tarjoamaan kilpailutettuja alihankintapalveluja maakunnille. Kuntien sijaan vastuu siirtyy maakunnille. Muuta muutosta siinä ei oikeastaan olekaan nykytilanteeseen verrattuna, koska kunnat voivat nytkin tehdä sopimuksia yksityisten yritysten kanssa. Joissakin tapauksissa toiminta on jopa ulkoistettu kokonaan yksityisille. Suuren pohdinnan jälkeen on tiedostettu, että *nykyiseenkin* järjestelmäämme kuuluu valinnanvapaus. Ei se ole mikään *uusi* keksintö.

– Tepäs sen sanoitte! Paljon melua tyhjästä?

– Lienee selvää, että joka tapauksessa yksityisten palvelun-tuottajien käyttö lisääntyy, jotta jonoja voidaan lyhentää. Oppositio haluaa kuitenkin varmistaa, että julkinen sektori on *päättäjän* paikalla ja yksityiset vain *täydentävät j*ulkista palvelutuotantoa. Näin estetään "kermankuorinta" ja verorahojen jakaminen pörssiyhtiöiden osinkoina ja valuminen veroparatiiseihin; ainakin se vaara vähenee. Lisäksi palveluiden järjestäminen ja tuottaminen tulee olla *samassa* organisaatiossa, jotta palveluiden integraatio ja saumattomat hoitoketjut voivat toteutua. Tämä koskee niin perus- ja erikoissairaanhoitoa kuin myös sosiaali- ja terveyspalveluja.

– Kyllä meillä on opposition kanssa sama pyrkimys toimiviin hoitoketjuihin ja palvelujen hyvään integraatioon.

– Ilmassa on myös pelkoja sote- ja maakuntauudistuksen mahdollisesti synnyttämästä julkisen sektorin työpaikkojen katoamisesta; jotkut puhuvat jopa "verilöylystä". Menipä kehitys niin tai näin, niin yksityisten yritysten uskotaan nappaavan palveluista vähintään neljänneksen. Yksityisen toiminnan tavaramerkkihän on toiminnan *tehostaminen,* mikä tarkoittaa usein suuria irtisanomisia.

Arvioiden mukaan 20 000–40 000 ihmistä voi tässä ruljanssissa jäädä työttömiksi. Laatu voi siinä jäädä jalkoihin, minkä olemme havainneet esimerkiksi vanhusten hoidossa. Terveydenhoidossa on huono asia, jos palvelujentarjoajille maksetaan potilaiden *määrän* eikä varsinaisen hoidon mukaan. Potilaan voi lähettää eteenpäin – ensiapuun tai sairaalaan – jos vaivan hoitaminen tuntuu liian työteliäältä, ja silti saada rahat. Ulkomaiset esimerkit eivät ole olleet rohkaisevia. On puhuttu jopa katastrofista.

– Lukumääristä on vaikea tässä vaiheessa puhua, niin ollen ei kannata luoda mitään kauhukuvia, rauhoitteli ministeri. – Tosiasia kyllä on, että *digitalisaation* ja tekoälyn yhä laajemman käyttöönoton vuoksi osa nykyisistä työtehtävistä katoaa. Onneksi syntyy myös paljon uusia työtehtäviä, mikä toivottavasti kompensoi mahdollisimman pitkälle entisten katoamista.

– Entä sitten sanahirviönne "kapitaatiokorvaus"? Sehän kuulostaa samantapaiselta kuin kapitulantti, kapinen (koira) tai peräti kapitulaatio... Olisiko selvempi puhua *nuppikorvauksesta*?

– Heh, heh, onhan se mukava makustella lainasanoja, eikä tuo ehdottamanne kansanomainen nimityskään kuulosta hassummalta. Joka tapauksessa valmistelussa olevan sote-lain lähtökohta on, että uudistuksen rahoitus toteutetaan kapitaatio- eli asukaslukuperusteisena niin, että siinä otetaan huomioon *sairastavuus* ja ikärakenne.

– Onko se siis yhden ihmisen hinta, joka vaihtelee iän, sukupuolen ja sairastavuuden mukaan? Tutkitaanko meidät luita ja munaskuita myöten ja pannaan sitten hintalappu otsaan? Esimerkiksi: "Jeremias Änkeröinen, likinäköinen (tarvitsee pian uudet silmälasit), oikea jalkaterä laskeutunut (kipuilee ajoittain), epäilyttävän näköisiä luomia ympäri vartaloa (luomileikkaukseen?), orastavia eturauhasoireita jne." Näinkö se pisteytys menee?

– Halutaanko sitä nimittää pisteytykseksi vai ei, mutta voin rauhoittaa kansalaisia: tietoja ei toimiteta sote-palvelujen tarjoajille henkilötasolla vaan *anonyymisti* ryhmiteltyinä. Kenenkään yksityiset tiedot eivät näin ollen vuoda julkisuuteen.

– Asiantuntijakriitikot ovat kertoneet, ettei kukaan tiedä, mitä tämä uudistus maksaa. He arvioivat yhteiskunnalle tulevan vähintään miljardin euron *lisälasku*, mikä johtuu siitä, että kaikista tuomenmaalaisista maksetaan sote-keskuksille sama kapitaatiomaksu, käyttivätpä he sitten niiden palveluja tai ei. Nykyään julkisia palveluja eivät käytä työterveyshuollon ja opiskelijoiden terveydenhuollon piirissä olevat eivätkä ne, joilla on vakuutusyhtiöistä otettu terveysvakuutus. Heitä on noin puolet kansalaisistamme. Eikö heidän osaltaan nuppikorvaus ole turha? Meneekö *puolet* nuppikorvauksista ikään kuin Kankkulan kaivoon? Valittu sote-keskus saa korvauksia, vaikka sille ei siirry mitään velvoitteita. On varsin todennäköistä, että nykyisiin jonoihin kyllästyneet kansalaiset ryntäävät ainakin aluksi kokeilemaan yksityisten palveluja ja vievät nuppinsa ja sen "sisältämät" rahat pörssikeinottelijoiden taskuihin.

– Jokaisellahan on oikeus ottaa vakuutus tai maksaa toisen palvelut, kuten työterveydenhuollossa tapahtuu. Nämä asiat pitäisi pyrkiä ottamaan kapitaatiomaksuissa huomioon. Toistaiseksi ei kuitenkaan sopivaa mallia ole vielä löytynyt, tuskaili ministeri.

– Eikä löydykään, sanovat asiantuntijat. Tässä teidän sote-hankkeessanne on pöyristyttävän paljon epävarmuustekijöitä. Jo se, että kaavailemassanne maakuntahallinnossa maakunnalla ei ole *verotusoikeutta*, saa ruotsalaiset asiantuntijat ihmettelemään. Heillähän on samantyyppinen väliportaanhallinto, maakäräjät, joiden tärkein tehtävä on terveydenhuolto. Mutta siellä pidetään itsestään selvyytenä sitä, että tulojen ja menojen pitämiseksi järkevällä tasolla pitää voida myös itse päättää verotuloista. Siellä kylläkin kustannukset *nousivat* lähes neljänneksen.

– Pitkällä tähtäimellä myös meillä voitaneen siirtyä maakunnalliseen verotusoikeuteen. Nyt on vain niin, että sen ottaminen heti käyttöön *mutkistaisi* koko uudistusta niin paljon, että se saattaisi taas kerran siirtyä hamaan tulevaisuuteen.

– Tämä *hama* se taitaakin teillä kummitella peikkona: Jos ette saa uudistusta putkeen tällä vaalikaudella, niin voimasuhteet voivat muuttua eduskunnassa, ja uusi hallitus saattaisi tyytyä vähemmän radikaaleihin korjausliikkeisiin. Ja se saattaisi merkitä jäähyväisiä teidän hellimällenne maakuntauudistukselle ja yksityisten harjoittamalle kermankuorinnalle terveydenhoidossa.

– Tällaiseen spekulointiin en halua lähteä!

– Sepä siinä! Asia on monimutkainen ja tuota odotettavissa olevaa yli miljardin lisälaskua halutaan vähätellä. Ja mihin se raha sitten menee? Vastaanpa itse: *yksityisten* terveyspalveluyritysten katteisiin samalla kun julkiset sote-keskukset saavat liian vähän rahaa, koska niillä ei ole rinnakkaisia rahoituslähteitä. Kapitaatio ja ihmisten profilointi johtavat asiakkaiden valikointiin eikä poista yli- ja alihoidon riskiä. "Kermankuorinta" mahdollistuu, koska kapitaatiokorvauksen saa suoran valinnan *peruspalveluista.* Paljon palveluita tarvitsevat ihmiset jäävät julkisten liikelaitosten asiakkaiksi, koska erikoissairaanhoito ja sosiaalipalvelut ovat niiden vastuulla.

– Haasteita kyllä on, mutta uuden järjestelmän edut alkavat näkyä ehkä vähän viiveellä. Pieniä viilauksia voidaan tehdä sitten matkan varrella, jos ongelmakohtia ilmenee.

– Tässä on sellainen maku, että ongelmia vähätellään!

– Kenellä muka olisi sellainen intressi?

– No kenelläpä muulla kuin Sentraalipuolueella ja ruiskukilla, sekä tietenkin niillä, jotka saavat konkreettisen hyödyn: yksityisillä yrityksillä. Tehän haluatte toteuttaa uudistuksen väen väkisin. Muistutan vielä siitä, että jättiuudistus on riski, kun lähtötilanteemme on kuitenkin hyvä: maamme on ykkössijalla 35 eurooppalaisen maan *kustannustehokkuus*-vertailussa. Sairaanhoidon laadussakin olemme keikkuneet sijoilla viisi ja kuusi.

– Täytyy todeta, että olette tehneet kotiläksynne hyvin, herra Änkeröinen, vaikka emme olekaan asioista joka kohdassa samaa mieltä.

– Kiitos positiivisesta palautteesta! Läksyjen teko oli minulle kunnia-asia jo kouluaikoinani. Mutta huomaan, että teidän on aika jo lähteä alussa mainitsemaanne kokoukseen. Lievästi sanottuna:

olipa mukava "rupatella"!

Änkeröinen hiipi varovasti käytävälle käsiään tyytyväisenä hieroskellen. – No niin, tulipa kasattua vähän tulisia *hiiliä* vastuuministerin pään päälle. Hyvin hän puolusti jättiuudistusta, se täytyy tunnustaa. Olen kuitenkin edelleen sitä mieltä, että hallituksen malli ei takaa potilaille todellista valinnanvapautta. Yritykset voivat jättää hänet valitsematta. Erikoislääkäriin pääsyyn tarvitaan jatkossakin terveyskeskuksesta lähete. Malli ei takaa sitä, että potilas tulisi kokonaisuudessaan hoidetuksi, vaikka se parantaakin lääkäriin pääsyä. Integraatio eli potilaan kokonaisvaltainen hoito ontuu.

Uskonsa vahvistukseksi Änkeröinen ryhtyi (istahtaen parahultaisesti löytämälleen tuolille) vielä selaamaan salkustaan löytyviä lehtileikkeitä, joissa kommentoitiin sotea:

Sotessa on kyse perinteisestä hyvinvointivaltiosta luopumisesta asteittain, se on sen tavoite. Hyvinvointivaltion idea on, että yhteiskunta turvaa meille terveydenhoidon ja palvelut, nyt tulee markkinat tilalle.

Valinnanvapauslaki voi parantaa niiden sosiaalipalveluja tarvitsevien henkilöiden asemaa, joiden toimintakyky on riittävä uudistuvan järjestelmän tuomien mahdollisuuksien hahmottamiseksi.

Valinnanvapauslaki ei varmista resurssien yhdenvertaista kohdentumista ja voi jopa lisätä terveys- ja sosiaalisen hyvinvoinnin eroja.

Valinnanvapauslaki tarkoittaisi käytännössä sitä, että syöpiä leikkaavat vatsaelinkirurgit siirtyisivät tekemään kiireettömiä tyräleikkauksia, jolloin tyräleikkauspotilaiden jono lyhenisi ja syöpäpotilaiden jono pitenisi.

Romeo, Julia ja "kompensaatiot"

Kun minä Jeremias olin päässyt näin hyvään vauhtiin ministerien jututtamisessa, päätin vielä kerran kokeilla onneani. Ja tällä kerralla vähän eri otteella – mielessäni välähti uusi idea. Kokeillaanpa.

Pienen etsiskelyn jälkeen löysin hakemani: liikutusministeri Julia Wernerin oven. Koputin hellästi ukseen, ja kuulin lempeän naisäänen kysyvän: – Kuka siellä?

– Hei Julia, täällä Romeo!

Ovi avautui varovasti raolleen, ja sieltä kurkisti ruskea kiharapää, silmät uteliaina vilkkuen. Ilmetty Julia, joka suhteessa.

– Ja millä todistat olevasi Romeo?

– Jos pääsen sisään, voin laulaa *romanttisen* laulun.

Ministeri Julia päätti lähteä leikkiin mukaan, avasi kutsuvasti oven, ja niinpä harppasin sisään, ennen kuin hän ehtisi muuttaa mielensä.

Kelasin salamannopeasti mielessäni lauluvalikoimaani, ja päädyin tuttuun ja turvalliseen ratkaisuun, joka yleensä on naiskuulijoiden mieleen. Jotta pääsisin *värisyttämään* sopivasti ääneni alarekisteriä, valitsin kakkosbasson stemman, koska melodian laulaminen saattaisi johtaa minut hankaliin korkeuksiin. Ja niinpä aloitin:

– "Sua tee-eervehdiin, ma suua teervehdiin, kun tyyni on yö ja täähtitaivas hoohtaa..."

Julian täyteläiset huulet levisivät hymyyn, ja kun olin lopettanut, hän antoi hellän suukon karvaiselle poskelleni ja lausahti:

– Harmi ettei täällä ole *parveketta*! Kyllä sinä Romeo olet, vaikkakaan et ihan tuoreinta vuosikertaa.

– Kokemus korvaa monet puutteet, vastasin valloittavasti hymyillen.

– Se kyllä pitää paikkansa, vastasi Julia, ja otti nurkkakaapista esiin Pommac-pullon ja kaksi varrellista kristallilasia. – Tenoreita usein palvotaan, mutta kyllä kunnon *bassoääni* saa naisen sisäisen tuulikellon kielet väräjämään. Täytyy sanoa, että oli tämä melkoinen yllätys, joka tuo pientä vaihtelua arkiseen ministerintyöhön. Otetaanpa sen kunniaksi kunnon Pommacit. Terveydeksi, prosit!

– Zum Wohl! Huomaan että olet Julia perehtynyt myös saksan kieleen.

– Kyllä siitä tässä työssä ja aikaisemmissakin tehtävissäni on ollut paljon hyötyä. Harmi vain, että nykyinen yksisilmäinen koulutuspolitiikka on johtanut siihen, että nykynuoriso ei juuri muita kieliä osaa kuin englantia. Ruotsia inhotaan ja saksa on muka liian vaikeaa. Ja kun kirjallisuuden lukeminen ei maistu, niin äidinkielenkin taito jää sinne naamakirjan ja sähköpostin tankerokielen tasolle. Kaiken lisäksi ei enää opetella kaunokirjoitusta, mikä olisi käden hienomotoriikalle mitä parasta harjoitusta, vaan raapustellaan sanoja paperille suurin piirtein tekstauskirjaimin.

– Veitpä sanat suustani! Mutta parahin Julia, ethän pahastu, jos kysyn mielipidettäsi siitä Uusilinnan surullisenkuuluisasta kompensaatiopaketista. Pääministerihän oli luvannut monien todistajien kuullen sellaiset kompensaatiot, että Uusilinnan aluekehitys olisi jopa parempi kuin ennen OKL:n siirtoa Joenmutkaan. Liikkeellä on niin monenlaista huhua ja "tietoa", että haluaisin kuulla asiasta sinun näkemyksesi kompensaatiotyöryhmän puheenjohtajana.

– Oli sekin melkoinen farssi, jonka tulokseen ei kukaan ole tyytyväinen. Ja syy on tietenkin helppo vierittää puheenjohtajan niskoille!

– Asia ei tietenkään ole niin *yksioikoinen,* senhän ymmärtää sokea Reettakin. Uusilinnan kaupungin edustajat luottivat pääministerin sanaan ja ehdottivat, että OKL:n siirrosta johtuva opiskelijapoistuma korvattaisiin lisäämällä vastaava määrä ammattikorkeakoulupaikkoja.

– Semmoista puhetta ei opetusministeriön edustaja halunnut ottaa kuuleviin korviinsa. Mahtoiko edes kunnolla kuunnella toisten esityksiä!

– Opastusministerihän tässä tuntuu olevan se suurin mörkö,

en paremmin sano. Ensin hän hyväksyi koulutuksen siirron ja sitten torpedoi asianmukaiset kompensaatiot. Koko ruljanssi olisi voitu estää ministeriön ja Kakolan yliopiston tulosneuvotteluissa. Kyllä *rahoittaja* pystyy saamaan tahtonsa läpi, jos tahtoa on. On vastuun pakoilua vetäytyä yliopistolain taakse. Niin ei ainakaan tehnyt Yhteiskuntademokraattisen puolueen ministeri Jaakko Kustaanpoika, joka torjui vastaavan hankkeen neljä vuotta aikaisemmin. Hänellä oli laajempi näkemys päätösten yhteiskunnallisista vaikutuksista. Nyt Uusilinnassa revitään alas hyväkuntoisia vuokra-asuntoja, kun taas joenmutkalaiset mankuvat valtion rahoitusta uusille rakennushankkeilleen. Silti siellä on täysi *kaaos* päällä, kun laitosten yhdistäminen tehtiin kertarytinällä.

– Niin, kuvailemanne asiat eivät kerro järkevästä yhteiskuntasuunnittelusta.

– Kaiken kukkuraksi vastuuministeri toimii myöskin kompensaatioasiassa *vastoin* pääministerin tahtoa torpedoimalla järkevät esitykset, joilla Uusilinnan kehitys olisi saatu vauhtiin pääministerin linjauksen mukaisesti. Meikäläiset odottelivat työryhmän päätöksiä vesi kielellä ennen kunnallisvaaleja. Ihmettelimme, miksi työ vain viivästyi ja viivästyi, niin että – järkyttäviksi osoittautuneet – tulokset kuultiin vasta vaalien jälkeen. Kyllä Uusilinnassa olisi tullut *rökäletappio* Sentraalipuolueelle ja ruiskukille, jos tulos olisi tiedetty ajoissa.

– Politiikka on ihmeellinen, etten sanoisi *merkillinen*, laji. Sitä ei oikein aina tahdo meikäläinen ymmärtää, joka on tullut mukaan liike-elämästä. Asioita jauhetaan ja vatvotaan sinne ja tänne. Niin siinä vain kävi, että tulosten julkaisu venyi yli vaalien. Oliko se sitten joidenkin tahojen tavoitekin, sitä en pysty sanomaan.

– Mutta minä ja edustamani Äly hoi, älä jätä -kansanliike kyllä pystymme: Tuloksia ei uskallettu julkaista ennen vaaleja! Lisäksi kaupunkimme kansanedustajien suu pantiin *suppuun*, lukuun ottamatta oppositiossa olevan vehreiden työmyyrää Elina Lampista, joka jatkuvasti piti OKL-siirtoasiaa esillä. Näin televisiosta, kuinka hän eduskunnan kyselytunnilla suorin sanoin vaati pääministeriä tilille sanojen syömisestä. Pidin törkeyden huippuna sitä, että hallituksen päämies vain luimisteli korviaan eikä vastannut kysymykseen ollenkaan.

– Lieköhän asia niin, että teidän hallituspuolueiden kansanedustajanne ovat "virkaiältään" sen verran nuoria, ettei heillä ole tarpeeksi *verkostoja* ja vaikutusvaltaa mielipiteidensä läpi ajamiseen?

– Kyllä he välittömästi Kakolan yliopiston päätöksen jälkeen jyrisivät lehdistössä, että valtio ei saa millään tavoin rahoittaa OKL:n siirtoa Joenmutkaan ja että ainoa järkevä vaihtoehto on koulutuksen säilyttäminen Uusilinnassa. Kun sitten opastusministeriö vahvisti siirron, he panivat toivonsa pääministerin lupaamiin meheviin kompensaatioihin. Voin vain kuvitella, minkä järkytyksen syntynyt *tuplapettymys* aiheutti uusille kansanedustajille, sillä uskon heidän olleen tosissaan ajamansa asian takana. On siinä ollut selittämistä omille äänestäjille!

– Minkälaiset tunnelmat siellä Uusilinnassa ovat olleet noin yleisesti ottaen?

– Eräs tunnettu pitkän linjan poliitikko kiteytti asian ytimekkäästi: Tuli täydellinen *kompensaatiopetos*! Menetettiin lähes 900 opiskelijapaikkaa ja tilalle saatiin 30. Hän vaati hallituksen kaatamista ja uutta hallitusta peruuttamaan koko siirtohomman. Opastusministeriötä pidetään suurimpana syntipukkina ja ihmetellään myös raha(stus)ministerin ja pääministerin toimintaa tai pikemminkin toimettomuutta, kun he eivät *valvoneet* valtion etua tässä jupakassa. Valtiotahan uhkaa 40 miljoonan menetykset pelkästään laina- ja takauskuluina, jos Uusilinnan vuokratalot menevät konkurssiin. Ja tämä on vain osa niistä yhteiskunnalle koituvista kuluista, jotka syntyvät vain sen takia, että Joenmutkan opettajankoulutuksesta pyritään saamaan valtakunnan monipuolisin ja kaunein, niin kuin he hehkuttavat tiedotteissaan. Mitä mieltä sinä, Julia, liikealan asiantuntijana on tällaisesta toiminnasta?

– Kyllähän kuvauksesi hurjalta kuulostaa, ikään kuin pieni lumipallo olisi lähtenyt pyörimään alas laaksoon ja muodostunut sitten tuhoisaksi lumivyöryksi. Täytyy myöntää, että itsellänikin on tuore kokemus ehdottamani edistyksellisen *liikenneverkkouudistuksen* saamasta kohtelusta. Siinä pyrittiin muun muassa saamaan varoja rapautuvan tieverkkomme korjauksiin. Autoalalla kuitenkin pelättiin, että esitykseen suunniteltu autoveron uudistaminen olisi puolittanut autokaupan joksikin aikaa, joten katsoin viisaimmaksi lopettaa hankkeen suunnittelun.

– Kiitettävä asenne poliitikolta! Kun huomaa, että esityksellä voi olla turmiollisia heijastusvaikutuksia, niin katsoo viisaammaksi peruuttaa hankkeen. Sellaisesta toiminnasta olisi monella taholla oppimista. Usein vain on niin, että asioista tulee *arvovaltakysymyksiä* ja omaksutuista kannoista pidetään (kasvojen menetyksen pelosta) härkä- eli jääräpäisesti kiinni. Tämä ilmaisu taitaa sivumennen sanottuna kuitenkin olla halventava eläinkuntaa kohtaan, sillä eläinten toiminta on yleensä luonnon- ja tarkoituksenmukaista, mitä ei useinkaan voi sanoa ihmislajin puuhailusta. Oletko muuten koskaan ajatellut, mitä tuo jäärä-sana oikein tarkoittaa?

– Täytyy myöntää, että eläinbiologia ei ole milloinkaan ollut minun vahvoja puoliani.

– Ei kyllä minunkaan. Lukiossa luin innolla Arvo Lehtovaaran Psykologia-oppikirjaa, ja niitä oppeja soveltamalla on pärjätty tähän asti. Silloin ei ollut nettiä, josta nykyään ajatellaan kaiken selviävän. Selvisihän sieltä, että maailmassa on 27 000 lajia *sarvijääriä,* joista meillä esiintyy 80 lajia. Kyse on kovakuoriaisista, joilla on pitkät tuntosarvet. Hauskempi ja jo lapsena kuulemani nimitys on muuten *hapsenkakkiainen.* Nämä jäärät ovat yleensä vahinkoeläimiä, puiden tuholaisia. Kyllähän jääräpäisyydestäkin usein vahinkoa seuraa.

– Tämä oli hauska tietoisku koppakuoriaisista. Mutta mainitsit tuossa aikaisemmin, että edustat Äly hoi, älä jätä -kansalaisliikettä. Mikä teillä siinä on toiminnan tavoitteena?

– Olen ollut sen liikkeen edustajana muun muassa oikeuskanslerin järjestämissä neuvonpidoissa, joissa on pohdittu, voidaanko tämä OKL:n siirto peruuttaa, ja jos ei voida – tai selvemmin sanottuna: ei *haluta* – niin mitkä tahot ovat velvollisia *korvaamaan* yhteiskunnalle aiheuttamansa tappiot. Oikeuskansleri ymmärsi asian laajakantoisuuden, mikä selvästi aiheutti värinää Kakolan yliopiston edustajien pöksyissä. Huolestuneisuutta on ilmennyt myös asian kanssa tekemisissä olleiden ja siten myös osavastuuta kantavien ministerien keskuudessa.

– Se on aivan ymmärrettävää, kun on kyse mainitsemistasi suurista rahasummista.

– Aivan niin. Eikä asia ole sillä selvä, vaikka tähän mennessä luvattu minikompensaatio saataisiin korjattua pääministerin lupaamalle oikeudenmukaiselle tasolle. Jostain ne kompensaatiorahatkin on otettava, toisin sanoen veronmaksajien kukkarosta. Kuka kompensoi kompensaatiot? Vastuulliset on siinäkin tapauksessa saatava *korvausvelvollisiksi.*

– Kuka lohduttaisi Nyytiä?

– Kyllä meillä vähän nyytimäinen olo kieltämättä on, kun ulkona temmeltävät rehtori-hemulit ja ministeri-möröt. Emme voi mitenkään *ymmärtää,* miksi monet hyvät kompensaatioehdotukset, kuten biotuotekeskuksen perustaminen ja ammattikorkeakoulun opiskelijapaikkojen lisääminen, eivät voineet toteutua. Pääministeri ei myöskään innostunut rajanylityspaikan virallistamisesta itänaapuriin päin, mikä ei olisi ollut varsinaista kompensaatiota, mutta olisi kuitenkin melkoinen piristysruiske alueen talouselämälle. Ja sitten vielä ihmetellään, että maamme itäiset alueet kuihtuvat.

– Nyt alan päästä paremmin sisälle tähän asiaan ja teidän tunnelmiinne, kun kuulen sen näin "suusta suuhun". Lupaan katsoa, voinko jatkossa tehdä jotakin sen hyväksi, ettei kompensaatioasiaa *haudattaisi* tähän vaiheeseen vaan jatkuvasti tutkittaisiin, miten aiheutettuja vahinkoja voitaisiin korvata.

– Tämä kuulostaa hyvältä ja antaa taas pientä toivoa, ikään kuin pieni *päivänsäde* tuikahtaisi risukasaan. Kiitokseksi tästä mukavasta keskusteluhetkestä haluan laulaa sinulle, oi Julia, pienen lähtölaulun.

Aloitin hempeästi mieskuorojen bravuurilaulun "Miks

kaaukanaa niin ooleet...", kakkosbasson stemmalla tietenkin. Lopussa kehittelin kunnon murinat ("kuultaanii"), mikä näytti tekevän toivotun vaikutuksen ainakin Julian silmäkulmien kostumisen perusteella.

Tämän vierailun jälkeen menin lähistöllä sijaitsevaan kahvilaan ryyppäämään kupposen ruusunmarjateetä ja selailemaan muistin virkistykseksi keräämiäni lehtileikkeitä, joissa käsiteltiin Uusilinnan kompensaatioasiaa. Niissä on selvää ja kovaa tekstiä:

Tulikin täydellinen kompensaatiopetos! Jokainen muistaa, kuinka pääministeri lupasi, että OKL:n siirrosta aiheutuvat menetykset korvataan täysimääräisesti. Kuinka sitten kävikään? Kaupunki menettää 900 koulutuspaikkaa ja saa tilalle ainoastaan 30 uutta koulutuspaikkaa, koska opetusministeriön edustaja ei missään vaiheessa hyväksynyt suurempaa määrää...

Tämä ei vastaa yhtään sitä, mitä pääministeri lupasi eduskunnassa. Hän lupasi sellaiset kompensaatiot, joilla kaupungin aluekehitys on parempi kuin se olisi OKL:n kanssa. Vastuu kompensaatiopäätöksestä on maan hallituksella ja eduskunnalla.

OKL:n siirrosta ei kuitenkaan pidä lamaantua. Katseet on kohdistettava tulevaisuuteen. Nyt on aika katsoa uusia mahdollisuuksia talousalueellemme. Kompensaatiota. Kompensaatio on korvaus menetyksestä. Vastauksessaan eduskunnassa pääministeri lupasi, että kompensaation jälkeen talousalueen tilanne on jopa parempi kuin ennen OKL:n lähtöä. Luotamme siihen. Sanasta miestä.

Niinpä niin, tuumasin ja huokasin raskaasti.

Keskittäminen

Eräänä yönä minä, Jeremias Änkeröinen, näin *painajaisunta*. Tulevienmaakuntienedustajiaolikutsuttukoollesuunnittelupäiville. Etelän rintamailta paikalle oli saapunut kasvukeskuskonsultti Jaanis Friberg. Hän oli tunnettu *keskittämisen* puolestapuhuja, koska hänen ajattelumallinsa mukaan vain siten voidaan saada yhteiskuntaan tehokkuutta ja tarvittavia säästöjä soteasioissa ja hallintopuolella yleensäkin.

– Hyvät ystävät, hän aloitti.

– Tässä alustuksessani aion selvitellä ja tehdä ehdotuksia siitä, miten voimme selvitä tulevaisuuden haasteista ja niiden asettamista menopaineista. Kaikkihan olemme havainneet, miten nykymenolla *kustannukset* pyrkivät karkaamaan käsistä erityisesti terveydenhoidossa ja koulutussektorilla, vanhustenhoidosta puhumattakaan. Kautta maan pienet yksiköt tuskailevat menojen kasvupaineissa, ja henkilöstö työskentelee uupumisrajoilla. Mikä avuksi? Avainsana on mielestäni toimintojen *keskittäminen*.

– Nyt se entinen urbaanipoliitikko pääsee mieliaiheeseensa, suhahti eräs Sentraalipuolueen edustaja vierustoverilleen ja jatkoi kuiskutustaan:

– Tämä on meidän puolueelle tulenarka asia. Jo tähän mennessä meitä syytetään maakunnissa palvelujen karkaamisesta *kasvukeskuksiin*. Sanovat meidän langenneen hallituksessa Ruiskukkapuolueen apupojaksi, eikä varmaan ihan syyttä.

Alustaja jatkoi:

– Jotkut meistä ehkä arkailevat mainitun sanan käyttöä, mutta turha asioita on kaunistella. Vain voimien kokoaminen voi taata toiminnan laadun ja tehokkuuden. Ainoastaan tarpeeksi *suuret* yksiköt pystyvät siihen. On varsin kyseenalaista, onko edes suunnitellulla maakuntahallinnolla tarpeeksi leveitä harteita asioiden hoitamiseksi.

Suunnittelupäivien osallistujien joukossa syntyi hiljaista

mutinaa ja levotonta liikehdintää. Sen huomattuaan alustaja jatkoi rauhoittelevasti:

– Mutta sen pohtiminen on oma teemansa ja palaan siihen vähän myöhemmin. Tänään käsittelemme asioita yleisesti ja *periaatteelliselta* kannalta, siis lähtökohtaisesti, tavallaan. Korostan että mitään päätöksiä ei tietenkään ole tehty, vaan nyt on kyse aivoriihimäisestä toiminnasta. Voisimme pohtia kokeiluluontoisesti esimerkiksi, mitä keskittäminen voisi tarkoittaa vanhustenhoidossa ja terveydenhoidossa. Lisäksi on aiheellista pohtia suunnitellun maakuntauudistuksen merkitystä ja sitä, onko se yleensäkään tarpeellinen.

Vanhustenhoito

– *Vanhustenhoidosta* puhuttaessa voidaan todeta, että nykyinen *kotihoito* on tullut tiensä päähän. Hoitajilla on yksinkertaisesti liian paljon asiakkaita, joten heidän aikansa tuhraantuu siirtymiseen paikasta toiseen. Asiakkaan hoitoon jää vain minimaalisesti aikaa.

– Olisi varmaan tehokkaampaa koota ikäihmiset, jotka eivät itse enää pysty elämästään huolehtimaan, tiettyihin keskuksiin, joissa hoitajat olisivat aina paikalla, eivätkä huonokuntoiset vanhukset joutuisi odottelemaan kotonaan avun saapumista ja pelkäämään, miten he siihen asti pärjäävät. Kompastellaan maton reunoihin tai liukastellaan muuten, niin että hoitaja tapaa asiakkaan silmä mustana (siis *asiakkaan* silmä...) tai peräti makaamassa lattialla lonkka murtuneena.

– Maaseudulla nämä keskukset voisivat toimia ikään kuin leirimäisesti luonnon keskellä – ei kuitenkaan liian kaukana muusta asutuksesta, ettei mitään eristäytymistä tapahtuisi, kuten joskus aikaisemmin oli tyylinä. Näin ollen vanhukset saisivat myös mahdollisuuden virkistäytyä ulkoilmassa, mikä nykyisin ei useinkaan ole mahdollista; ulkoiluttajia yksinkertaisesti puuttuu, kun kaikilla ei ole edes omaisia lähitienoolla. Nämä *keskitetyt* leirit tarjoaisivat monenlaisia etuja.

– Älä hyvä mies vain nimitä niitä *keskitysleireiksi*! parkaisi Vehreiden edustaja. Sillä on liian paljon historiallista rasitetta!

– Enpä tietenkään vaan vaikkapa *kestitysleiriksi,* koska kysehän on all inclusive -hoidosta. Jonkinlainen *aitaus* varmaan olisi tarpeen leirirakennusten ympärillä, ei välttämättä piikkilankaa, koska osa huonomuistista vanhuksista on vielä varsin vikkeläjalkaista väkeä ja saattaisi pyrkiä karkailemaan. Rakennusten lämmityksessä voitaisiin käyttää hybridiratkaisua, jossa yhdistettäisiin maalämpö ja biopolttoaineet. Uudenaikaiset *polttouunit* eivät tietenkään tupruta ilmoille paksua savua kuten vanhat saksalaisvalmisteiset aikoinaan, vaan niissä on hyvät suodattimet keräämään talteen pienhiukkaset ja muut ilman saasteet.

Lähihistoriaa seuranneiden seminaarilaisten kasvoilla oli vaihtelevia, jopa kauhistuneita ilmeitä, eikä joku pystynyt hillitsemään kommenttiaan:

– Eiköhän sentään puhuttaisi *lämpökeskuksista* eikä poltto-uuneista!

– No kyllähän se käy, jos nyt näissä nimityksissä halutaan niin *tarkkana* olla, totesi alustaja järkähtämättä ja jatkoi:

– *Ruokailussa* voitaisiin käyttää kätevästi apuna automaatteja, joista kävelykuntoiset ja reippaammat pyörätuolipotilaat voisivat nappeja painamalla saada maittavan lämpimän aterian. Lähitulevaisuudessa käytössä voisi olla ehkä myös robotteja, mutta syötettävien potilaiden avustajina ne olisivat varmaan liian mekaanisia, joten siinä tarvitaan ihmiskäsiä lusikoimaan ruokaa sopivaan tahtiin asiakkaan suuhun. Mutta jatkuvasti kehittyvä teknologia vapauttaisikin hoitajia tällaiseen ihmisläheiseen toimintaan.

– Mutta onko se ihmisläheistä, jos vanha aviopari erotetaan toisistaan? puuttui puheeseen eräs naisedustaja. – Räikeänä, suorastaan absurdina esimerkkinä voin mainita, miten vuodehoitoa tarvinnut dementiapotilas siirrettiin 80 kilometrin päähän vuodepaikalle vieraaseen ympäristöön. Puoliso ei pysty vierailemaan, koska maaseudulla liikenneyhteydet eivät toimi eikä taksiin ole varaa.

– Olen kuullut kerrottavan tuollaisista valitettavista tapauksista, eikä niitä mitenkään voida hyväksyä, totesi Friberg empaattisesti. – Tietääkseni epäkohdat on yleensä saatu korjattua, kun ne ovat tulleet julkisuuteen. Mutta nyt on aika siirtyä käsittelemään *terveydenhoitoa*.

Maakuntien edustajat kuihkivat toisilleen:

– Minkähänlaisia *leirejä* se sinne ehdottaa... Mennäänkö taas ojasta allikkoon?

Terveydenhoito

– Terveydenhoidossa ollaan jo lakisääteisesti siirtämässä tärkeimmät ja vaativimmat hoidot *isompiin* yksiköihin, aloitti Jaanis Friberg. – Maakuntapohjainen ratkaisu ei kuitenkaan mielestäni ole paras keino haasteiden selättämiseksi, koska pienimmissä maakunnissa on paljon vähemmän asukkaita kuin yksistään suurimmissa kaupungeissa. Uskon että aika näyttää ja järki voittaa näissäkin organisaatiokysymyksissä. Oli miten oli, niin nyt on tarkoitus käsitellä asioita vielä varsin teoreettisesti.

– Mutta mitä ovat ne *vaativimmat* hoidot? huudahti Vehreiden edustaja. Ovatko *synnytyksetkin* niitä? Ennen vanhaan synnytettiin *kotona*, eikä siinä mitään professori-tohtori-emeritusta tarvittu director cantuksesta puhumattakaan. Kätilö tai hätätapauksessa naapurin emäntä osasi hoitaa avustamisen. Nykyäänkin on nuoria pareja, jotka haluavat nimenomaan synnyttää kotona. Kyse on elämänläheisestä toiminnasta sanan syvimmässä merkityksessä, ja siinä tarvitaan kodinomaisia pieniä yksiköitä eikä mitään tehdasmaisia laitoksia. Ja kuitenkin valtio on pakottanut meidän oman, tehokkaan ja modernin keskussairaalamme lopettamaan synnytysosaston, koska siellä ei väännetä maailmaan *tuhatta* vauvaa vuodessa! Mikä ihmeen raja se tuhat on ja kuka sen keksi?

– Nyt olemmekin siirtymässä perinteisestä alustuksesta vuorovaikutteisempaan käsittelytapaan, koska puheenvuorotarpeita ilmeisesti on. Olen kysyjän kanssa varsin pitkälle samaa mieltä. Kyllähän lasten maailmaantulo on normaalisti varsin *luonnollinen* tapahtuma eikä vaadi hirmuisen lääkärijoukon liikekannalle panoa. Jos olette seuranneet vaikkapa TV:stä "Kutsukaa kätilö" -sarjaa, niin siinä kätilöt hoitavat asian luontevasti synnyttäjän kotona. Lääkäriä tarvitaan varsin harvoin. Näinhän se oli meilläkin ennen vanhaan. Tässä olen henkilökohtaisesti enemmän perinteisillä linjoilla. Kyllä synnytykset onnistuvat pienemmissäkin sairaaloissa, ja lääkäri voidaan tarvittaessa kutsua hätiin vaikkapa kotipäivystyksestä. Muuten, mielenkiintoinen ero tuossa englantilaisessa sarjassa meikäläisiin käytäntöihin verrattuna on se, että siellä synnyttäjä *parkuu* tapahtuman aikana oikein sydämensä kyllyydestä. Kun itse olin vastaavassa tilanteessa rouvaani kädestä pitelemässä, niin desibelit olivat laitoksella huomattavasti hiljaisemmat. Johtuneeko asia siitä paljon puhutusta kansan luonteesta...

– Hyvä juttu, että voimme jo tässä yhteydessä esittää mielipiteitä, lausahti kuulijoissa mukana ollut lääkäriasiantuntija. – On pelättävissä, että tämä sote-uudistus *vaarantaa* maamme hyvän terveydenhuollon. Hyvä sairaalaverkostomme halutaan *purkaa* ja keskittää toiminnot isoille paikkakunnille, vaikka siellä asuminen tulee kalliimmaksi myös terveydenhoidon kannalta. Isoissa yksiköissä pitkänkin matkan takaa tullut potilas ja hänen saattajansa joutuvat odottamaan tuntikausia vuoroaan. Menetämme kosketuksen luontoon ja toisiimme; ei suurkaupungissa rupatella tuntemattomien ihmisten kanssa niin kuin pikkukaupungin torikahveilla. Ihminen on psykofyysinen ja sosiaalinen olento, ja kaikki vaikuttaa kaikkeen. Ongelmat lisääntyvät ja yhteiskunnalle koituvat kulut kasvavat. Kyllä potilaan on saatava hyvä terveydenhoito siellä missä hän asuu; ei niin että häntä joudutaan vähän väliä kuljettamaan matkojen päähän. Aikaa kuluu, eikä kuskaaminenkaan ole ilmaista.

– Oletteko sitä mieltä, että palvelujen keskittämisessä ei ole mitään hyvää? kysäisi alustaja Friberg otsaansa huolestuneesti rypistäen. Yleisön joukosta oli nimittäin kuulunut runsaasti hyväksyvää mutinaa lääkärin puheenvuoron johdosta.

– En sanoisi noin jyrkästi. On hyvä asia, jos ihmiset saavat valita sen tahon, joka heitä hoitaa. Mutta sairaalaverkostoamme uhkaavan *alasajon* seurauksena heillä ei suurten keskusten ulkopuolella ole *mistä* valita. Paljon puhuttu valinnanvapaus ei näin ollen toteudu ja kansalaiset joutuvat *eriarvoiseen* asemaan. Tämä alkaa olla jo perustuslaillinen kysymys.

Friberg huomasi tilaisuutensa tulleen. Hänethän tunnetaan hallituksen sote- ja maakuntauudistuksen äänekkäänä vastustajana.

– Juuri niin. Koko sote-uudistushan on takkuillut tuon tuostakin, koska eduskunnan perustuslakivaliokunta on toistuvasti joutunut vaatimaan lisäselvityksiä hätäisesti laadittujen suunnitelmien korjaamiseksi. Vika on siinä, että koko maata yritetään mahduttaa *samaan* sapluunaan. Kyllä suunnittelussa pitää ottaa huomioon valtakunnan eri osien erilaiset olosuhteet. Ratkaisu joka pohjautuu pääosin maaseutu- ja haja-asutusalueiden tarpeisiin, ei vastaa pääkaupunkiseudun ja kasvavien kaupunkien haasteisiin.

– Miten niin ei vastaa? Hallituksen toimintahan on ollut yhtä keskittämistä. Pieniltä paikkakunnilta on *viety* pois valtion työpaikkoja kuten poliiseja ja käräjäoikeuksia, ärähti erään pienen kunnan johtaja tympääntyneen näköisenä.

– Meillä pääkaupunkiseudulla ei yksinkertaisesti *tarvita* nyt suunnitellun tapaista sote-uudistusta, selitti Friberg kärsivällisesti. – Siinähän pyrittiin alun perin saamaan pienille kunnille tarpeeksi suuret hartiat kustannuspaineista selviämiseksi. Meillä ne hartiat ovat jo nyt tarpeeksi leveät ja olemme jo pääosin saavuttaneet tai ainakin saavuttamassa uudistuksen alkuperäiset tavoitteet ja mittakaavaedut kaupunkien oman *palvelukehittämisen* tuloksena. Palveluja on saatu asiakaslähtöisemmiksi, laadukkaammiksi ja kustannustehokkaammiksi. Maakuntamallin mukainen suunnitelma sen sijaan on hallintolähtöinen ja omiaan lisäämään byrokratiaa.

– Voihan olla, että pääkaupunkiseutu on oma erikoistapauksensa, totesi lääkäriasiantuntija sovittelevaan sävyyn. – Mutta muualla maassa tuosta keskittämispäähänpinttymästä pitäisi päästä eroon. Tulevassa sotessa lääkärien valinnanvapaus kapenee. Päättäjät haluavat sanella heille, mitä saa tehdä ja missä saa tehdä. Lääkäri ei voi hoitaa potilastaan *kokonaisvaltaisesti,* koska uusi päivystysasetus kieltää häneltä jatkohoidon. Kun olen päivällä leikannut potilaan, niin en saa illalla itse mennä häntä hoitamaan, jos hänelle on tullut ongelmia. Päivystysasetus näet kieltää oman sairaalamme henkilökunnan varallaolon, joten hänet on vietävä ambulanssilla lähimpään päivystävään sairaalaan, jossa yöaikaan ovat töissä kokemattomat lääkärit hoitamassa päivystysleikkauksia. Omassa sairaalassamme saisimme leikkausryhmän paikalle alle puolessa tunnissa (ajo päivystävään sairaalaan vie vähintään tunnin tai puolitoista) ja saisin itse huolehtia omasta potilaastani. *Byrokratialla* asiat tehdään vaikeiksi ja siinä unohtuu potilaan etu täysin.

– Eikö kuitenkin keskittämisellä saada aikaan kustannussäästöjä? tiedusteli pääkaupunkiseudun puolestapuhuja Friberg.

– Sekin on hyvin kyseenalaista. Isoissa sairaaloissa infektio-ongelmat ja lääkkeille reagoimattomien bakteerikantojen syntyminen voivat tuottaa arvaamattoman *suuria* kustannuksia. Sairaaloiden tekemä *yhteistyö* keskittämismantran sijaan on ilman muuta erittäin kannatettavaa. Kaikkein tärkeintä sotessa on, että meillä säilyisi maailmanmainetta saanut hyvä terveydenhoitojärjestelmämme. Ei pyörää tarvitse keksiä uudestaan...

Maakuntauudistus

– Kiitos mielenkiintoisista kommenteistanne, lausahti alustaja Jaanis Friberg. – Aika kuitenkin rientää, joten joudumme siirtymään kolmannen aihepiirimme, *maakuntauudistuksen,* pariin. Sanon tässä kiertelemättä ja kaartelematta, että koko uudistuksesta pitäisi *luopua.*

– Miten niin? kiljaisi kaksi Sentraalipuolueen juurevaa maalaisisäntää yhteen ääneen. – Tuo on kyllä aika paksua puhetta! Mitä *vikaa* siinä uudistuksessa muka on?

Friberg säilytti sfinksimäisen tyyneytensä, josta hän onkin tullut kuuluisaksi. Tiukassakin paikassa ilme säilyy peruslukemilla.

– *Kaikkihan* siinä on vikana. Koko lähtökohta on väärä. Eurooppalainen kehitys menee ihan toiseen suuntaan, eli trendinä on *kaupungistuminen.*

– Jaaha, siis keskittäminen. Mutta sitä vastaan me haluamme taistella kynsin ja hampain, jyrähti toinen isännistä. – Koko maa pitää säilyttää asuttuna ja siten palveluita tarvitaan *hajautetusti,* siellä missä ihmiset asuvat. Ja he haluavat asua pienemmillä paikkakunnilla, kun vain työpaikkoja ei viedä sieltä käsistä niin kuin valtiovalta on valitettavasti varsin laajamittaisesti tehnyt.

Friberg jatkoi ajatustensa kehittelyä: – Tässä luodaan lisää byrokratiaa, ylimääräinen laaja ja raskas *hallintoporras* kuntien ja valtion väliin. Se tuntuu olevan puoluetoimistojen intressissä. Näin saadaan mahdollisimman monelle maakuntavaaliehdokkaalle jokin kokouspalkkioita tuottava luottamustehtävä, josta sitten koituu bonuksia puolueiden tileille. On erikoista, että nykyinen hallitus toitotti alkuaikoinaan kannattavansa hallinnon keventämistä ja poliittisten avustajien määrän vähentämistä. Nyt ollaan kuitenkin luomassa ennen näkemätöntä poliittisten virkanimitysten sumaa, suorastaa *politrukkien* vyöryä. Monissa maissa, joissa nyt on maakuntahallinto, onkin ruvettu pohtimaan sen keventämistä tai jopa siitä luopumista kokonaan.

– Jos suoraan sanotaan, niin tässähän on kyseessä Sentraalipuolueen ja ruiskukkien *lehmänkauppa*: mulle maakunnat ja sulle soten valinnanvapaus, kajautti kirkkaalla äänellään Yhteiskuntademokraattisen puolueen naisedustaja. – Puhdasta valtapeliä kaikki tyynni!

Tästäkös syntyi melkoinen puheensorina, etten sanoisi: suoranainen kalabaliikki. Maakuntia *puolustettiin* paluuna vanhaan, antiikin aikaiseen demokratiaan. Niitä *vastustettiin* tai ainakin haluttiin radikaalisti vähentää niiden lukumäärää. Joku mainitsi koko lehmänkauppa-nimityksen käyttämisen tässä yhteydessä olevan tuon arvokkaan kotieläimen *halventamista*.

– No niin, palataanpa varsinaiseen asiaan, rauhoitteli kokouksen vetäjä Jaanis Friberg. – Tässä on vielä monta näkökohtaa pohtimatta. Yksi tärkeimmistä on se, että maakunnilta puuttuu *verotusoikeus*, joten ne ovat valtion armollisesti myöntämästä rahoituksesta riippuvaisia. Myös kuntien valtionosuusriippuvaisuus kasvaa. Näin ollen kunnat ja maakunnat joutuvat jatkuvaan kilpailutilanteeseen. Syntyy melkoinen ristiriita, kun samoja päättäjiä valitaan todennäköisesti sekä kuntien että maakuntien valtuustoihin ja parhaassa (tai pahimmassa) tapauksessa myös eduskuntaan. Kun istut kahdella tai kolmella tuolilla, niin kenen etua ajat? Piiri pieni pyörii, mutta askeleet voivat siinä mennä välillä sekaisin.

– Kaikesta tästä uudistussekamelskasta seurauksena tulee olemaan palvelujen *karsiminen,* huomautti kristillisten edustaja.

– Kuinka niin? kysäisi joku takarivistä.

– No kun tavoitteena on säästää soten avulla kymmenessä vuodessa kolme miljardia euroa. Väestö kuitenkin ikääntyy ja tarvitsee enemmän hoitoa. Maakuntauudistushan on yhtä kuin suuri kuntaliitos. Ensiksi *tingitään* tietenkin pienten kuntakeskusten lähipalveluista. Terveysasemia ja vanhustenhoitolaitoksia lakkautetaan. *Kaupunkien* palveluja ei niin vain karsita, koska siellä on enemmän äänestäjiä. Pienet kunnat tuskin saavat etujensa puolustajiksi montakaan edustajaa maakuntavaltuustoon. Kaiken lisäksi tämä uuden organisaation *perustaminen* tulee maksamaan ainakin miljardi euroa; siitä on olemassa laskelmia. Maakunta päättää monista muistakin asioista kuin sotesta. Sopii vain arvailla, minne päin kehityspanokset suunnataan.

– Kyse on siis demokratian kaventumisesta ja lähipalvelujen karkaamisesta harvaan asutuilta alueilta, komppasi Vehreiden edustaja edellistä puhujaa. – Maakuntauudistus on myös vakava uhka *ympäristönsuojelulle*, koska viranomaisen valitusoikeuden poistaminen säilyttäisi yleisen edun valvonnan suurelta osin ympäristöjärjestöille. Ne kyllä puolustavat luonnon etua, mutta eivät ne voi hoitaa valtiolle kuuluvia tehtäviä. Miksi nykyinen hyvin toiminut järjestelmä halutaan lakkauttaa?

– Maakuntavaltuustosta tulee suuri *vallankäyttäjä,* puuttui puheeseen Jaanis Friberg. – Sehän päättää maakuntatasolla melkein kaikesta. Sille kuuluvat soten lisäksi muun muassa elinvoima- ja kasvupalvelukysymykset, maakunnan strategia ja yleensä se, mitä palveluja on ja missä, mihin jo edelliset puhujat viittasivatkin.

– Yhteenvetona käymästämme keskustelusta voin todeta, että teemanamme olleet vanhustenhoito, terveydenhoito ja maakuntauudistus tulivat käsiteltyä varsin monipuolisesti. Kiitän teitä kaikkia läsnäolosta ja aktiivisista kommenteista! Lopuksi, ja ennen kuin lähdemme päätöskahveille, haluan lausua antiikin roomalaista Marcus Porcius Cato vanhempaa mukaillen: Muuten olen sitä mieltä että maakuntauudistus joutaa *roskakoriin!*

Kokousväki lähti, osa päätään puistellen, hiljaa poristen tarjoilupuolelle nauttimaan Mamman marjapiirakkaa ja Hanna-tädin kakkuja. Joku pienen kunnan edustaja lausahti vieruskumppanilleen:
– On se Riiperi aika jehu, kun uskaltaa olla täysin eri mieltä oman puolueensa puheenjohtajan kanssa.

Ja siinä vaiheessa minä, Jeremias Änkeröinen, heräsin tuskanhien vallassa ja aloin selata, mitä lehtileikekokoelmassani puhuttiin maakuntauudistuksesta:

Jos maakuntahallinto tulee, sillä on melkein taivaallinen valta.

Sote- ja maakuntauudistus tarkoittaa lähidemokratian kaventumista eli päätäntävalta siirtyy paikallistasolta maakuntatasolle. Ei hyvä!

Maakuntauudistuksen valmistelusta miljardin hintalappu – muutosjohtaja: "Jättiuudistuksesta koituu aina isot kustannukset"

Happy end?

Lopuksi Jeremias kertoi vaipuneensa eräänlaiseen transsitilaan ja nähneensä seuraavanlaisen, *ihanan* näyn:

Monenlaisten kähinöiden jälkeen pääministeri Vispilän hallitus joutui päättämään päivänsä uusien vaalien jälkeen. Kansa ei antanut enää luottamustaan, kun sen pää oli saatettu pyörälle monien uudistusten ja peruutusten sekamelskassa. Uusi hallitus *muutti* ensi töikseen yliopistolakia siten, että yliopistot joutuvat vastuuseen, jos niiden päätökset sotivat yhteiskunnan yleistä etua vastaan.

Niinpä Kaakonlaidan yliopisto eli Kakola *palautti* OKL:n takaisin Uusilinnaan pitääkseen aiheuttamansa vahingot ja siten myös korvausvelvollisuutensa mahdollisimman pienenä. Uusilinnassa oli ehditty purkaa jo kymmenkunta vuokrataloa ja remontoida OKL:n päärakennus peruskoulun käyttöön. Nämä korvaukset pysyivät sentään muutamissa miljoonissa ja ne sovittiin uuden, pätevän opetusministerin johdolla käydyissä tulosneuvotteluissa vähennettäviksi Kakolan budjetista seuraavalla nelivuotiskaudella. Kalavedellä nämä Joenmutkan kampuksen sooloilusta johtuvat menetykset aiheuttivat hammastenkiristystä eivätkä tietenkään olleet omiaan parantamaan kampusten välistä yhteistyötä.

Ex-pääministeri Vispilä oli perimmältään rehti mies ja halusi *hyvittää* Uusilinnalle hallituksensa aiheuttaman mielipahan ja käytännön sotkut. Niinpä hän perusti Uusilinnaan idylliselle paikalle, järven rannalle nimensä mukaisesti *vispilätehtaan*, joka käyttää vain luonnonmukaisia raaka-aineita, lähinnä pajun ja koivun varpuja. Kyse on siis paluusta perinteiseen, ekologiseen varpuvispilään, jossa varvut sidotaan kimpuksi kahdella vitsasrenkaalla. Muoto on siis suunnilleen sama kuin varpuluudalla, mutta koko on pienempi ja varvut on kuorittu, joten vispilän väri on puhtaan valkoinen. Luutiakin valmistettiin sivutuotteina, mutta niitä ei suositeltu käytettäviksi leivontatöihin, korkeintaan suurkeittiöissä ja silloinkin tietysti kuorittuina versioina.

Tehtaan johtajan Johan Vispilän *liikemiesvainu* ei ollut väljähtynyt poliittisen välinäytöksen aikana. Ekologinen suuntaus oli saanut tuulta purjeisiinsa koko EU-alueella, ja niinpä ekovispilän kysyntä kasvoi lähes eksponentiaalisesti sekä kotimaassa että vientimarkkinoilla. Entiset rautalangasta tai muovista väännetyt vispilät jäivät pölyttymään kaupan hyllyille, samalla kun ympäristötietoiset asiakkaat suorastaan jonottivat *ekovispilöit*ä. Tämä johtui myös siitä, että kodin ja kotona tehdyn ruuan arvostus oli lisääntynyt. Eineksien ja valmistuotteiden pelättiin olevan ainakin osasyynä alati lisääntyvissä allergioissa. Ja onhan se niin rattoisaa aloittaa sämpyläjauhojen sekoittaminen aidolla vispilällä ja jatkaa sitten käsin lämpimän taikinan vaivaamista (tarvinneeko edes kysyä: saako vaivata?). Eipähän tarvitse kuunnella konevatkaimen ujellusta! Toisella "varpukoneella" sitten rapsuteltiin leipomisen jälkeen ylimääräiset jauhot leivinlaudalta takaisin pussiin.

Vispilätehtaan *työllisyysvaikutukset* olivat melkoiset. Varpujen kerääminen ja kuoriminen suoritettiin käsityönä – sehän kuului tuotteen ekoimagoon. Kerääminen oli reipasta ulkotyötä, ja työntekijät tunnisti jo kaukaa terveen punakoista poskista. Kuoriminen ja muut jatkotyöt tehtiin uusissa, valoisissa hallitiloissa, joissa ei pöly lennellyt eikä tuntunut rahtustakaan homeenhajua. Vispilöiden päiden tasaus tehtiin ergonomisesti sopivan korkuisilla leikkuupöydillä, joilla siisteyden takaamiseksi oli ankarasti kielletty siivuttamasta Gotler-makkaraa ja kananmunia eväsleiville.

Paju- ja koivuvarvuthan ovat tunnetusti sitkeää ja siten hankalasti työstettävää materiaalia. Niinpä tasausvälineenä käytettiin *perinteisiä* kauhavalaispuukkoja, joista kuitenkin oli häjyläisaikojen jälkeen jätetty veriura pois tarpeettomana. Johtaja itse perehdytti työntekijät puukonkäyttöön ja näytti, miten karkaistu hiiliteräs puri tehokkaasti varpuihin ja sai aikaan tasaista jälkeä. Hän muistutti myös, että työpäivän jälkeen puukot oli jätettävä omille paikoilleen kaappeihin, koska laki kieltää teräaseiden kanniskelun julkisilla paikoilla. Luonnollisesti kaikki leikkuujätteet ja ylimääräiset varvut hyödynnettiin lämmöksi tehtaan omassa lämpökattilassa. Mitään ei jäänyt hukkaan ja paikat pysyivät siisteinä.

Leikkaajien jälkeen vuorossa olivat vitsasrenkaiden tekijät. Tämä työvaihe vaatii korkeaa ammattitaitoa, koska ensin on oltava silmää erottaa varpujen joukosta sopivan joustavat "yksilöt" ja sitten pitää osata vääntää niistä kestävät ja siistin näköiset renkaat, joissa ei saa olla mitään pykimiä, katkeamista puhumattakaan. Koulutuksen he olivat saaneet kokeneilta *riukuaidan* tekijöiltä, jotka olivat tottuneet sitomaan riu'ut pystykeppeihin vitsaksilla, jotka olivat kylläkin järeämpää tekoa kuin vispilöiden renkaat.

Valmiisiin design-tuotteisiin kiinnitettiin Handmade by Vispilä Oy -tarrat, ennen kuin kuljetushihna vei ne pakkaamoon. Sieltä ne lastattiin kierrätysmateriaalista valmistetuissa pahvilaatikoissa rekka-autoihin, jotka kuljettivat ne ekologisesti kaasun voimalla innokkaille kotimaan ja ulkomaiden kuluttajille. Tehtaalla kierteli päivittäin ulkomaisia, etenkin aasialaisia *turistiryhmiä,* jotka olivat nettimainosten avulla tutustuneet tähän suosikkituotteeseen. Joukossa oli myös liikemiehiä, jotka tekivät monivuotisia tilaussopimuksia. Vieraille ei kuitenkaan esitelty kuin valmiita vispilöitä, ettei mitään liikesalaisuuksia päässyt vuotamaan tämän kansainvälisesti patentoidun tuotteen valmistusprosessista. Valokuvaaminen oli ehdottomasti kielletty.

Vieraissa herätti ihastusta myös koko tehdasalueen luonnonmukaisuus. Jo sijainti järven rannalla lähes salpasi moiseen näkymään tottumattoman turistin hengityksen. Vaikeimpia tapauksia varten saataville oli varattu valkaisemattomasta paperista tehtyjä pusseja, joihin puhaltamalla ilma saatiin taas kulkemaan vierailijan keuhkoihin. Myös hallin arkkitehtoninen muoto mukautui täysin ympäröivään maastoon. Tehtaan viheralueilla eivät pörränneet päältäajettavat ruohonleikkurit, vaan nurmikon pitivät tasaisina kotimaiset *lampaat,* jotka pitivät huolen myös siitä, että keinolannoitusta ei tarvittu, vaan kaikki oli luomua. Varsinkin lapsiperheet viihtyivät rapsuttelemassa näitä puutarhatyöntekijöitä, joiden tuottama villa jalostettiin Vispilä Oy:n sisaryrityksessä lapasiksi, sormikkaiksi ja villasukiksi, joista on tullut taas oikea trendituote. Kaikki luonnollisesti *käsityönä,* josta varsinkin laatutietoiset ulkomaiset vieraat olivat valmiit mukisematta maksamaan asianmukaisen hinnan. Esittely ja myynti oli tietysti muun tehtaan yhteydessä.

Kaiken kaikkiaan tämä ex-pääministeri Vispilän yritysrypäs loi Uusilinnaan jo alkuvaiheissaan *tuhatkunta* uutta työpaikkaa. Toiminta ei näet pysähtynyt pelkkään puun (lue: varpujen) ja villan jalostukseen, vaan se laajeni myös matkailualalle. Tehdasvierailijat tarvitsivat myös majoitus- ja ravintolapalveluja, eikä viihdepuoltakaan saanut laiminlyödä. Niinpä rantaan rakennettiin *lomakylä* kaikkine palveluineen: Tarjolla oli uintia, kajakkimelontaa, snorklausta, kirkkovenesoutua, norpparetkiä ja yleensä kaikkea, mitä kävijät osasivat toivoa. Vesiskootterit ja muut pörräävät laitteet olivat ehdottomasti kiellettyjä.

Itsestään selvää oli, että rantaan piti rakentaa myös *saunamaailma*; ulkomaiset vierailijat suorastaan vaativat sitä, koska he olivat kuulleet niin paljon tuomenmaalaisesta saunakulttuurista. Edustettuina olivat tietenkin erilaiset kiuastyypit (sähkötoimiset, puulämmitteiset, höyrysaunat, savusaunat) ja monenlaiset hieronta- ja kylvetyspalvelut, iilimatohoitoja, savi- ja mutakylpyjä, kuppaustakaan unohtamatta. Vieraat saivat osallistua saunojen lämmitykseen ja vastojen tekoon, mikä antoi henkilökunnalle tervetullutta hengähdysaikaa ja paransi kaiken kukkuraksi toiminnan kannattavuutta. Vierailijat näet suorittivat näistä lisäaktiviteeteista mielellään pienen *lisämaksun.*

Harrastusten lomassa oli mahdollista maistella rantakalaa, jonka liemessä leijui kunnon satsi oikeaa voita. Muikut oli pyydetty nuotalla omasta rannasta yhdessä vapaaehtoisten turistien kanssa. Iltaisin ravintolan parketilla tanssittiin suomalaista tangoa ja opeteltiin myös perinteisiä kansantanhuja. Eksotiikka huipentui juhannusaaton *iltamiin* ravintolan ulkolavalla, jossa johtaja Vispilä esitti kokkotulen loisteessa kouluttamansa, kansallispukuisen ryhmän kanssa sikermän peräpohjalaisia tanhuja ja puukkotansseja. Ulkomaiset vieraat olivat sananmukaisesti *myytyjä*, ja monet heistä kiiruhtivat tekemään majoitusvarauksen myös seuraavaksi juhannukseksi.

Ex-pääministeri sai näin ollen täyden *anteeksiannon* aikaisemmista tekosistaan. Häntä oli Uusilinnassa pidetty sanansa syöjänä ja persona non gratana eli ei-toivottuna henkilönä oopperajuhlille. Varsinkin muuttamalla *asumaan* paikkakunnalle ja maksamalla mukisematta henkilökohtaiset veronsa ja myös yritystensä verot yhteiseen kassaan eikä mihinkään veroparatiiseihin, Johan Vispilä ansaitsi kaikkien arvostuksen ja eleli kunnioitettuna kansalaisena Uusilinnan kauniissa kaupungissa, ja elää tiettävästi vieläkin.